전우치전, 김원전

한국문학산책 38 고전 소설·산문
전우치전, 김원전

지은이 **작가 미상**
엮은이 **송창현**
펴낸이 **안용백**
펴낸곳 **(주)넥서스**

초판 1쇄 인쇄 2013년 6월 5일
초판 1쇄 발행 2013년 6월 10일

출판신고 1992년 4월 3일 제311-2002-2호
121-840 서울시 마포구 서교동 394-2
Tel (02)330-5500 Fax (02)330-5555

ISBN 978-89-6790-068-7 04810

출판사의 허락없이 내용의 일부를
인용하거나 발췌하는 것을 금합니다.

가격은 뒤표지에 있습니다.
잘못 만들어진 책은 구입처에서 바꾸어 드립니다.

www.nexusbook.com
지식의 숲은 (주)넥서스의 인문교양 브랜드입니다.

한국문학산책 38
고전소설 · 산문

작가 미상
전우치전, 김원전

송창현 엮음 · 해설

지식의숲

* 일러두기

1. 시대 분위기와 작가의 개성이 드러나는 문장이나 방언, 속어, 고어 등은 원문 표기를 따랐다.
2. 원본 한자는 한글로 바꾸고 작품의 이해에 필요한 경우에만 한자를 병기하였다.
3. 독자들의 이해를 높이기 위해 필요한 경우 괄호 속에 뜻풀이를 달았다.

차 례

전우치전 ...007
김원전 ...073

전우치전

*

 조선 초에 송경 숭인문 안에 한 선비가 있었으니 성은 전이요, 이름은 우치라 했다.
 일찍이 높은 스승을 좇아 신선의 도를 배우되, 본래 재질이 표일(성품이 세상일에 별로 거리끼지 않고, 몹시 뛰어나게 훌륭함)하고 겸하여 정성이 지극하므로 마침내 오묘한 이치를 통하고 신기한 재주를 얻었으니, 소리를 숨기고 자취를 감추어 지내므로 비록 가까이 노는 이도 알 리 없었다.
 이때 남쪽 해안 여러 고을이 여러 해 해적들의 노략을 입은 나머지 엎친 데 덮쳐 무서운 흉년을 만나니 그곳 백성의 참혹한 형상은 이루 붓으로 그리지 못했다.

그러나 조정에 벼슬하는 이들은 권세를 다투기에만 눈이 붉고 가슴이 탈 뿐이요, 백성의 질고는 모르는 듯 내버려 두니 뜻 있는 이는 팔을 뽑아내어 통분함이 이를 길 없더니, 우치 또한 참다 못하여 그윽히 뜻을 결단하고 집을 버리며 세간을 헤치고 천하를 집을 삼고 백성으로 하여금 몸을 삼으려 하였다.

하루는 몸을 변하여 선관이 되어, 머리에 쌍봉금관을 쓰고 몸에 홍포를 입고 허리에 백옥대를 띠고 손에 옥홀을 쥐고 청의동자 한 쌍을 데리고 구름을 타고 안개를 멍에 하여 바로 대궐 위에 이르러 공중에 머물러 섰으니, 이때가 춘정월 초이틀이었다.

상이 문무백관의 진하를 받으시니, 문득 모색 채운이 만천하고 향풍이 촉비하더니 공중에서 말하는 소리가 들려왔다.

"국왕은 옥황의 칙지를 받으라."

상이 놀라서 급히 백관을 거느리시고 전에 내려 분향 첨망하니, 선관이 오운 속에서 일렀다.

"이제 옥제 천하에 구차한 중 죽은 영혼을 위로하실 양으로 태화궁을 창건하실새, 인간 각 나라에 황금 들보 하나씩을 만들어 올리되 길이가 오 척이요, 너비는 칠 척이니 춘삼월 망일(음력 보름날)에 올라가게 하라."

하고, 언홀에 하늘로 올라가거늘, 상이 신기히 여기시며 전에 올라 문무를 모아 의논할 때 간의대부가 여쭈었다.

"이제 팔도에 반포하여 금을 모아 천명을 받듦이 옳으리다."

상이 옳게 여기고 팔도에 금을 모아 바치라 하고, 공인을 불러 일변 금을 불려 길이와 너비의 치수를 맞추어 지어내니, 왕공경사의 집안에 있는 것은 물론이요, 팔도에 금이 진하고 심지어 비녀에 올린 금까지 벗겨 올렸다.

상이 기꺼워하사 삼일 재계하고 그날을 기다려 포진하고 등대하더니, 진시쯤 하여 상운이 대궐 안에 자욱하고 향내가 코를 찌르며 오운 속에 선관이 청의동자를 좌우에 세우고 구름에 싸였으니 그 형용이 극히 황홀하였다.

상이 백관을 거느시고 부복하시니, 선관이 전지를 내렸다.

"고려왕이 힘을 다하여 천명을 순종하니 정성이 지극한지라. 고려국이 우순풍조(농사가 잘 되도록 맞추어 비가 오고 바람이 알맞게 부는 일)하고 국태민안(나라가 태평하고 백성이 살기가 편안함)하여 복조 무량하리니 상천을 공경하여 덕을 닦고 지내라."

말을 마치며, 우편으로 쌍동제학을 타고 내려와 요구에 황금 들보를 걸어 올려 채운에 싸여 남쪽 땅으로 행하니, 무지개가 하늘에 뻗치고 비바람 소리가 진동하며 오색채운이 각각 동서로 흩어지거늘, 상과 제신이 무수히 사례하고, 육궁 비빈이 땅에 엎디어 감히 우러러보지 못하였다.

이때, 우치는 그 들보를 가져다가 이 나라 안에서는 처치하기가 어려운지라 그 길로 구름을 멍에 하여 서공 지방으로 향하여, 먼저 들보 절반을 베어 헤쳐 팔아 쌀 십만 석을 사고 다시 배를 마련하여 나눠 싣고 순풍을 타고 가져가 십만 빈호에 알맞게 나눠 주고 당장 굶어 죽는 어려움을 건지고 이듬해의 농량과 종자로 쓰게 하니, 백성들은 너무나 기쁜 나머지 다만 손을 마주 잡고 여천대덕을 칭사할 뿐이요, 관장들도 또한 기가 막히고 어리둥절하여 어찌된 곡절인지를 몰라 하였다.

우치는 이러한 뒤에 한 장의 방을 써서 동구에 붙였는데, 그 글의 내용은 다음과 같았다.

'이번에 곡식을 나누어 줌으로써 혹 나를 칭송하지만 이는 마땅치 아니한지라. 대개 나라는 백성을 뿌리 삼고 부자는 빈민이 만들어 줌이거늘, 이제 너희들 양순한 백성과 충실한 임금으로 이렇듯 참혹한 지경에 이르렀건마는 벼슬한 이가 길을 트지 아니하고, 가멸한 이가 힘을 내고자 아니함이 과연 천리에 어그러져 신인이 공분하는 바이기로 내 하늘을 대신하여 이리저리하였으니, 너희들은 모름지기 이 뜻을 깨달아 잠시 남에게 맡겼던 것이 돌아온 줄로만 알고 남의 힘을 입는 줄로는 알지 말지어다. 더욱이 자청하여 심부름한 내가 무슨 공이 있다 하리요. 이렇게 말하는 나는 처사 전우치로다.'

이때 이 소문이 나라에 들리게 되자 비로소 전후사연을 알고 임금을 속이고 나라를 소란케 했으니 그 죄를 용서하지 못한다 하여, 널리 그 증거를 수탐하자 우치는 더욱 괘씸하게 여기고 스스로 말했다.

"약한 자를 붙들어다 허물함은 굳센 자가 제 잘난 체하는 예사인지라, 내가 저희들의 굳센 것이 얼마 안 된다는 것을 실상으로 알려야겠다."

그리고 계교를 생각하여 들보 한 머리를 베어 가지고 서울에 가서 팔려 하니 보는 사람마다 의심을 했다.

마침 토포관이 보고 크게 고이 여겨 우치더러 물었다.

"이 금이 어디서 났으며 값은 얼마나 하는가?"

우치가 대답했다.

"이 금이 난 곳이 있거니와, 값인즉 얼마가 될지 달아서 파는데 500냥을 주겠다면 팔까 하오."

토포관이 또 물었다.

"그대 집이 어딘가? 내가 내일 반드시 돈을 가지고 찾아갈 터이다."

우치가 말했다.

"내 집은 남선부주요, 성명은 전우치라 하오."

토포관은 우치와 헤어지고 나서 고을에 들어가 태수에게 고하자, 태수가 크게 놀랐다.

"지금 본국에는 황금이 없는데, 이는 틀림없이 무슨 연고가 있을 것이다."

태수는 관리들을 압령하여 발차하려 하다가 다시 생각했다.

"이는 자세하지 못한 일이니 은자 오백 냥을 두고 사다가 진위를 알아보자."

그리고 은자 오백 냥을 주며 사 오라 하니, 토포관이 관리를 데리고 남선부로 찾아가자 우치가 맞아들였다. 토포관이 예를 마친 후 말했다.

"금을 사러 왔소."

우치는 응낙하고 오백 냥을 받은 다음 금을 내어주었다.

토포관이 금을 받아 가지고 돌아와 태수께 드리자, 금을 받아 본 태수가 크게 놀랐다.

"이 금은 들보 머리를 베인 것이 분명하니 필경 우치로다."

태수는 이놈을 잡아 진위를 안 후에 장계함이 늦지 않다 여기고, 즉시 이십여 명에게 분부하여 빨리 가서 잡아 오라고 했다.

관리는 영을 듣고 바삐 남선부로 가서 우치를 잡으려 했는데, 우치는 좋은 음식을 차려 관리를 대접하면서 말했다.

"그대들이 수고로이 왔소. 나는 죄가 없으니 결단코 가지 않을 것이오. 그대들은 돌아가 태수에게 우치는 잡혀 오지 않고 태수의 힘으로는 못 잡으리니 나라에 고하여 군명이 있은 후에야 잡혀 가겠노라고 고하라."

우치가 조금도 요동하지 않으므로 관리는 하릴없이 그대로 돌아가 태수에게 사실대로 고했다.

태수는 이 말을 듣고 놀라 즉시 토병 오백 명을 점고하여 남선부에 가 우치의 집을 에워싸는 한편 이 일을 나라에 장계했다. 상은 크게 놀라시고 노하여 백관을 모아 의논을 정하고 포청으로 잡아 오라 하고는 친국(중한 죄인을 임금이 친히 다스림)하실 기구를 차리시고 잡아 오기를 기다렸다.

이때 금부의 나졸들이 군명을 받들고 남선부로 가 우치의 집을 에워싸고 잡으려 하니, 우치가 냉소하며 말했다.

"너희 백만 군이 와도 내 잡혀 가지 아니하리니 너희 마음대로 나를 철색으로 단단히 얽어 가라."

그리하여 모든 나졸이 일시에 달려들어 철색으로 동여매고 전후좌우로 둘러싸고 가는데, 우치가 또 말했다.

"나를 잡아가지 않고 무엇을 매어 가는가?"

토포관이 놀라서 보니 한낱 잣나무를 매었는지라, 좌우에 섰던 나졸이 기가 막혀 아무 말도 못했다. 그러자 우치가 말했다.

"네가 나를 잡아가고자 하거든 병 한 개를 주겠으니 그 병을 잡아가거라."

그리고 병 하나를 내어 땅에 놓으므로 여러 나졸이 달려들어 잡으려 했다. 그러자 우치는 그 병 속으로 들어갔다.

 나졸이 병을 잡아들자 무겁기가 천근이나 되는 것 같았는데, 병 속에서 우치가 말했다.

 "내 이제는 잡혔으니 올라가리라."

 나졸은 또 우치를 잃어버릴까 겁을 내어 병 입구를 단단히 막아서 짊어지고 와서 상께 바쳤다.

 "우치가 요술을 한들 어찌 능히 병 속에 들었으리요."

 상이 이렇게 말하자, 문득 병 속에서 말소리가 들렸다.

 "답답하니 병마개를 빼어 다오."

 상이 그제야 병 속에 사람이 든 줄 알고, 여러 신하에게 어떻게 처치할 것인가를 물었다.

 여러 신하가 아뢰었다.

 "그놈이 요술이 용하오니 가마에 기름을 끓이고 병을 넣게 하소서."

 상이 옳게 여기며, 기름을 끓이라 하고 병을 집어넣으니 병 속에서 우치가 말했다.

 "신의 집이 가난하여 추위 견딜 수 없삽더니, 천은이 망극하사 떨던 몸을 녹여 주시니 황감하여이다."

 이에 상이 진노하여 그 병을 깨어 여러 조각을 내니 아무것도 없고 병 조각이 뛰어 어전으로 나아가 말했다.

"신이 전우치거니와 원컨대 군신 간의 죄를 다스릴 정신으로 백성이나 편안케 함이 옳을까 하나이다."

조각마다 한결같은 소리를 하자, 상이 더욱 진노하여 도부수로 하여금 병 조각을 빻아 가루로 만들어 다시 기름에 넣으라 했다.

또한 전우치의 집을 불 지르고 그 터에 연못을 만들고 여러 신하와 더불어 우치 잡기를 의논했다.

여러 신하가 말했다.

"요적 전우치를 위엄으로 잡을 수 없사오니, 마땅히 사대문에 방을 붙여 우치가 스스로 나타나면 죄를 사하고 벼슬을 주리라 하여, 만일 나타나거든 죽여 후환을 없이 함이 좋을까 하나이다."

상이 그 말을 좇으사 즉시 사대문에 방을 붙였는데. 그 방의 내용은 다음과 같다.

'전우치가 비록 나라에 득죄하였으나, 그 재주 용하고 도법이 높으되 알리지 못함은 유사의 책망이요, 짐의 불명함이니 이 같은 영걸을 죽이고자 하였으니 어찌 차탄치 않으리요.

이제 짐이 전사를 뉘우쳐 특별히 우치에게 벼슬을 주어 국정

을 다스리고 백성을 평안코자 하나니 전우치는 나타나라.'

이때 전우치는 구름을 타고 사처로 돌아다니며 더욱 어진 일을 행하고 있던 중 한 곳에 이르러 보니 백발노옹이 슬피 울고 있었다.

우치가 구름에서 내려와 그 슬피 우는 사유를 물으니 그 노옹이 울음을 그치고서 말했다.

"내 나이 칠십삼 세에 다만 한낱 자식이 있더니 애매한 일로 살인 죄수로 잡혀 죽게 되었으므로 서러워 우노라."

그 말을 듣고, 우치가 말했다.

"무슨 애매한 일이 있었나이까?"

노옹이 대답했다.

"왕가라 하는 사람이 있는데, 자식이 그 사람과 친하게 지냈습니다. 왕가의 계집이 인물이 아름다우나 음란하여 조가라 하는 사람과 통간하여 다니다가 왕가에게 들켜 양인이 싸움을 했다고 합니다. 자식이 마침 그 집에 갔다가 그 거동을 보고 말리고서 조가를 제 집으로 보낸 다음 돌아왔는데, 왕가가 그 싸움으로 인해 죽자 그 외사촌이 고장(중한 죄인을 임금이 친히 다스림)하여 잡혀가서 취조를 당했습니다. 그런데 조가는 형조판서 양문덕의 문객이라는 친분으로 빠져나오고, 내 자식은 살인 정

범으로 몰리게 되어 옥중에 갇혔습니다. 사정이 이러하여 슬피 우는 것이오."

그 말을 듣고 우치가 말했다.

"그렇다면 조가가 원범이라. 그런데 양문덕의 집이 어디요?"

우치가 묻자 노옹이 자세히 가르쳐 주었다.

우치는 노옹과 헤어진 후 몸을 흔들어 변신하여 일진청풍이 되어 그 집에 이르렀다.

이때 양문덕이 홀로 당상에 앉아 있었다. 우치가 그 동정을 살펴보니, 양문덕은 거울을 마주하고 있었는데 왕가의 얼굴이 나타나자 깜짝 놀랐다. 우치가 변신하여 왕가가 되어 거울 앞에 앉아 있었던 것이다.

양문덕이 괴이 여겨 거울을 살펴보았으나 아무것도 없었다.

'요얼이 백주에 나를 희롱하는가.'

그리고 다시 거울을 살펴보니, 아까 앉았던 사람이 그저 서서 이렇게 말을 하는 것이었다.

"나는 이번에 조가에게 맞아 죽은 왕상인데 원혼이 되어 원수 갚기를 바랐더니, 상공이 이가를 그릇되이 가두고 조가를 놓아주니 이 일이 애매한지라. 지금이라도 조가를 가두고 이가를 방송하라. 그렇게 하지 않는다면 명성에 가서 송사하겠노라."

그러고는 홀연히 사라지고 없는지라.

양문덕은 크게 놀라 즉시 조가를 얽어매고 엄문하니, 조가는 애매하다면서 발명하는지라.

그러자 어디선가 왕가의 목소리가 들려왔다.

"이 몹쓸 조가야! 내 처를 겁탈하고 또 나를 쳐 죽이니, 어찌 구천의 원혼이 없으리요. 만일 너를 죽여 원수를 갚지 못하면 명부에 송사하여 너와 양문덕을 잡아다가 지옥에 가두고 나오지 못하게 하리라."

그러고는 소리가 없는지라, 조가는 머리를 들지 못하고 양문덕은 놀라서 어찌할 줄 몰라 했다. 그리고 이윽고 정신을 진정하여 조가를 엄문하니 조가는 능히 견디지 못하여 개개복초했다. 이에 이가를 놓아주고 조가를 엄수하고 즉시 조정에 상달하여 조가를 복법했다.

이때 이가는 집으로 돌아가 아비를 보고 왕가의 혼이 와서 여차여차 놓여남을 말하니 노옹이 기쁨을 이기지 못했다.

이때 우치는 이가를 구하여 보내고 얼마쯤 가다가 홀연히 돌아보니 저잣거리에서 사람들이 돼지 머리 다섯을 가지고 다투고 있는 것이었다.

우치가 구름에서 내려 그 연고를 묻자, 한 사람이 말했다.

"저도 쓸데가 있어 사 가거늘, 이 관리놈이 앗아 가려고 하기에 다투는 것이오."

우치가 관리를 속이려고 진언을 염하니 그 돼지가 두 입을 벌리고 달려들어 관리의 등을 물려 하자, 관리와 구경하던 사람이 일시에 흩어져 달아났다.

우치가 또 한 곳에 이르니 풍악이 낭자하고 노랫소리가 요란했다. 즉시 여러 사람의 좌중에 들어가 절을 하고 말했다.

"소생은 지나가는 길손이온데 여러분이 모여 즐기시매, 감히 들어와 말석에서 구경코자 하나이다."

여러 사람이 답례한 후 서로 성명을 통하고 앉기에 우치가 눈을 들어 보니, 운생과 설생이란 자가 우치를 보고 거만하게 냉소하며 여러 사람과 함께 수작을 하려 들었다.

우치는 패씸함을 가까스로 참고 있다가, 이윽고 주반(酒飯)이 나오자 말했다.

"제형의 사랑하심을 입어 진수성찬을 맛보니 만행이로소이다."

그 말에 설생이 웃으며 말했다.

"우리는 비록 빈한하나 명기와 진찬이 많은데, 전 형은 처음 본 듯할 것이오."

우치도 웃으며 말했다.

"그러나 없는 것이 많소이다."

이 말에 설생이 끼어들었다.

"팔진성찬에 빠진 것이 없거늘 무엇이 부족타 하오?"

"우선 선득선득한 수박도 없고, 시큼 달콤한 포도도 없고, 시금시금한 승도(僧桃)도 없어 빠진 것이 무수하거늘 어찌 다 있다 하오?"

제생이 크게 손뼉을 치며 크게 웃으며 핀잔주듯 말했다.

"이때가 봄철인데, 어이 그런 실과가 있겠소?"

"내 오다가 본즉 한 곳에 나무 하나가 있는데 각색 과실이 열리지 아니한 것이 없었소이다."

"그렇다면 형이 그 과실을 만일 따 온다면 우리들이 납두편 배하고, 만일 형이 따오지 못한다면 형이 만좌중의 볼기를 맞을 것이오."

"좋소이다."

우치가 응낙하고서 즉시 한 동산에 가니 도화가 만발하여 금수장을 드리운 듯했다. 우치는 두루 완상하다가 꽃 한 떨기를 훑어 진언을 염하자 낱낱이 변하여 각색 실과가 되었다.

우치가 그것을 소매 속에 넣고 돌아와 좌중에 던지니 향기가 코를 스치며 승도·포도·수박이 낱낱이 흩어지는 것이었다. 여러 사람은 한편 놀라고 한편 기꺼워하며 저마다 다투어 손에 집어 구경하면서 칭찬해 마지않았다.

"전 형의 재주는 보던 바 처음이요."

그중 한 사람이 창기에게 명하여 술을 가득 부어 권했다. 우치는 술을 받아들고 운·설 양인을 돌아보며 말했다.

"이래도 사람을 업수이 여기겠소? 그러나 형들이 이미 사람을 경모한 죄로 천벌을 입었을지라, 내 또한 말함이 불가하다."

운·설 양인이 입으로는 비록 손사(遜辭)하는 체하나 속으로는 종시 믿지 않으려 했다.

그때 마침 운생이 마침 소피하려고 옷을 끌렀는데, 하문이 편편하여 아무것도 없는 것을 보고 크게 놀라 소리쳤다.

"이 어이한 연고로 졸지에 하문이 떨어졌는고?"

운생이 어찌할 줄 몰라 하자, 모두들 놀라서 보니 과연 민숭민숭했다.

"소변을 어디로 보리요."

모두들 놀라며 걱정할 때 설생 또한 자기의 아래쪽을 만져 보니 역시 그러했다.

두 사람은 경황 중에 서로 의논하며 걱정을 했다.

"전 형이 우리들을 기롱하더니 이러한 변괴가 났구나. 장차 이 일을 어찌할 것이오!"

그런데 창기 중 제일 고운 계집의 소문은 간 데 없고 문득 배위에 구멍이 났는지라 망극하여 어떻게 할 줄을 몰랐다.

그중에 오생이란 자가 총명이 비상하여 지감(사람을 알아보는 감식력. 지인지감)이 있었는데, 문득 깨달은 바가 있어 우치에게 빌었다.

"우리들이 눈이 있으나 망울이 없어 선생께 득죄하였사오니, 바라건대 용서하소서."

우치가 웃으며 진언을 염하자, 문득 하늘에서 실 한 끝이 내려와 땅에 닿았다. 그러자 우치가 크게 소리쳤다.

"청의동자 어디 있느냐?"

말이 채 끝나기도 전에 한 쌍의 동자가 표연히 내려왔다.

우치가 동자에게 분부했다.

"네 이 실을 타고 하늘에 올라가 반도(삼천 년 만에 한 번씩 열매가 열린다고 하는 선도) 열 개를 따 와라. 그렇지 않으면 변을 당하리라."

우치가 말을 마치자 동자는 줄을 타고 공중으로 올라갔다.

여러 사람이 신기하게 여겨 하늘을 우러러보니 동자는 나는 듯이 올라갔다. 그리고 잠시 후 복숭아잎이 분분히 떨어지며 사발만 한 붉은 천도 열 개가 내려왔는데 조금도 상하지 않았다.

사람들이 일시에 달려와 주워 가지고 서로 자랑하는지라, 우치가 여러 사람에게 나누어 주며 말했다.

"제형과 창기 등이 아까 얻은 병은 이 선과를 먹으면 쾌히 회복하리라."

제생과 창기 등이 하나씩 먹은 후 저마다 만져 보니 원래대로 돌아온지라, 저마다 사례 인사를 했다.

"천선이 내려오신 줄 모르고 우리들이 무례하여 하마터면 병신이 될 뻔하였구나."

이후로는 모두가 그를 지극히 공경하였다.

우치는 그들을 존중하는 체하다가 구름에 올라 동으로 향해 가다가 또 한 곳에 이르렀다.

두어 사람이 서로 이르면서 눈물을 흘렸다.

"차인이 어진 일을 많이 하더니 필경 이 지경에 이르니 참 불쌍하도다."

우치가 구름에서 내려 두 사람에게 물었다.

"그대는 무슨 비창한 일이 있어 그렇게 슬퍼하는가?"

두 사람이 대답했다.

"이곳 호조 고지기 장세창이라 하는 사람이 효성이 지극하고 심지어 집이 빈곤한 사람도 많이 구제했는데, 호조 문서를 그릇하여 쓰지 아니한 은자 이천 냥을 물지 못하여 형벌을 받겠기에 자연히 비창함을 금치 못해서 그러오."

우치가 이 말을 듣고 잠깐 눈을 들어 보니, 과연 한 소년을 수레에 싣고 형장으로 나아가고 있었고 그 뒤로 젊은 계집이 따라 나오며 울고 있었다.

우치가 물었다.

"저 여인이 누구뇨?"

"죄인의 부인이오."

이윽고 옥졸이 죄인을 수레에서 내려 제구를 차리며 시각을 기다리는 것이었다.

우치는 즉시 몸을 흔들어 일진청풍이 되어 장세창과 여자를 거두어 가지고 하늘로 올라갔다.

중인이 일시에 말하며 기뻐했다.

"하늘이 어진 사람을 구하시는도다."

이때 형관이 크게 놀라 급히 이 연유를 상달하니, 상감과 백관이 모두 놀라며 의심했다.

우치가 집으로 돌아와 보니 두 사람의 기색이 엄엄하였으므로 급히 약을 흘려 넣었다. 그러자 두 사람이 이윽고 깨어나 정신이 황홀하여 진정하지 못하는 것이었다.

우치가 전후 사정을 말하자 장세창 부부는 고개를 숙여 사례했다.

"대인의 은혜가 태산 같으니 차생에 어찌 다 갚으리이까?"

우치는 손사하고 집에다 두었다.

*

하루는 한가함을 타 명승지를 두루 구경하던 우치가 한 곳에 이르렀다.

사람이 슬피 우는 소리가 들리기에 가서 우는 이유를 물어보니 그 사람이 공손히 말했다.

"나의 성명은 한자경인데, 부친의 상사를 당하여 장사 지낼 길이 없고 또한 겸하여 날씨가 추운데 일흔 살 모친을 봉양할 도리가 없어 우는 것이오."

우치는 이를 듣고 불쌍히 여겨 소매에서 족자 하나를 내주며 말했다.

"이 족자를 집에 걸고 '고지기야.' 하고 부르면 동자가 나와 대답할 것이오. 은자 백 냥만 내라 하면 그 소리에 응하여 동자가 즉시 줄 것이니 이로써 장사 지내고 그 후부터는 매일 한 냥씩만 들이라 하여 자친을 봉양하도록 하오. 만일 더 달라 하면 큰 화를 입을 것이니 욕심을 내지 말고 부디 조심하오."

그 사람은 믿지 않았으나 받은 후 사례하며 말했다.

"대인의 존성을 알고 싶소이다."

"나는 남선부 사람 전우치로다."

그 사람은 백배 사례하고 집에 돌아와 족자를 걸고 보니, 아

무엇도 없이 큰 집 하나가 그려져 있고 그 집 속에 열쇠 가진 동자 하나가 그려져 있는지라. 시험해 보려고 '고지기야.' 하고 부르니 그 동자가 대답하며 나왔다. 매우 신기하게 여겨 은자 백 냥을 들이라 하니, 말이 끝나기도 전에 동자가 은자 백 냥을 앞에 가져다 놓는 것이었다.

한자경은 크게 놀라면서도 기뻐하며 그 은을 팔아 부친의 장사를 지냈다. 그리고 매일 은자 한 냥씩을 들이라 하여 일용에 쓰니 가산이 풍족해져 노모를 봉양하며 전우치의 은혜를 잊지 않았다.

하루는 쓸 곳이 있어서 '은자 백 냥을 당겨쓰면 어떠할까?' 하고, 고지기를 불렀다.

동자가 대답하자, 한자경이 말했다.

"내 마침 은자 쓸 곳이 있나니 은자 백 냥만 먼저 쓰게 함이 어떠하뇨?"

고지기가 듣지 아니하므로 한자경이 재삼 간청했다.

고지기가 문을 열자 한자경이 따라 들어가 은자 백 냥을 가지고 나오려 하니 벌써 문이 잠기고 말았다. 한자경이 크게 놀라 고지기를 불렀으나 아무 대답이 없었다.

한자경이 크게 노하여 문을 박차니, 이때 호조판서가 마루에 좌기했을 때 고지기가 고했다.

"돈 넣은 곳에서 사람 소리가 나니 매우 괴이하더이다."

호판이 의심하여 추종을 모으고 문을 열어 보니 한 사람이 은을 가지고 서 있는 것이 아닌가.

고지기가 깜짝 놀라 급히 물었다.

"너는 어떤 놈이기에 감히 이곳에 들어와 은을 도둑질하려느냐?"

"너희는 어떤 놈이기에 남의 내실에 들어와 무례하게 구느냐? 빨리 나가거라."

한자경이 대답하며 재촉하자, 고지기는 미친놈으로 알고 잡아다가 고했다.

"이 도둑놈을 꿇어앉혀라."

호판이 분부하며 치죄할 때, 한자경이 그제야 정신을 차려 자세히 보니 그곳은 제 집이 아니요 호조인지라 깜짝 놀랐다.

"내가 어찌하여 이곳에 왔던고? 의아한 꿈인가?"

호판이 물었다.

"너는 어떠한 놈이냐? 감히 어고(궁중에서 임금이 사사로이 쓰는 창고)에 들어와 도둑질을 했으니 죽기를 면치 못할지라. 네 동기를 자세히 아뢰라."

한자경이 말했다.

"소인이 집에 걸린 족자에 들어가 은을 가지고 나오려 하다 이런 변을 당했으니, 소인도 어찌된 영문인지 모르겠소이다."

호판이 의혹을 갖고 족자의 출처를 물으니, 자경이 전후 사정을 고했다.

호판이 크게 놀라며 물었다.

"너는 언제 전우치를 보았느냐?"

한자경이 대답했다.

"본 지 오삭이나 되었나이다."

호판은 한자경을 엄수하고 각 창고를 조사했다. 은궤를 열어 보니 은은 없고 청개구리가 가득했고, 또 돈고를 열어 보니 돈은 없고 누런 뱀만 가득했다. 호판이 이를 보고 크게 놀라 이 연유를 상달했다.

상이 크게 놀라 여러 신하를 모아 의논하니, 각 창고의 관원이 아뢰었다.

"창고의 쌀이 변하여 버러지뿐이요, 쌀은 한 섬도 없나이다."

또 각 영(營)의 장신(將臣)이 보고했다.

"창고의 군기가 변하여 나무가 되었나이다."

또 궁녀가 보고했다.

"내전에 범이 들어와 궁인을 해하나이다."

이러한 보고를 받고 크게 놀란 상이 급히 궁노수를 발하여 내전에 들어가 보니 궁녀마다 범 하나씩을 타고 있는 것이었다.

그리하여 궁노를 발하지 못하고 이 연유를 상주하니, 상이 더욱 놀라시어 궁녀를 앞질러 쏘라 했다. 궁노수가 하교를 듣고 일시에 쏘니 흑운이 일며 범 탄 궁녀가 구름에 싸여서 하늘로 올라가 호호탕탕히 헤어지는 것이었다.

상이 이 광경을 보고 차탄했다.

"다 우치의 술법이니 이놈을 잡아야 국가 태평하리라."

그러자 호판이 말했다.

"이 고에 든 은 도둑을 엄수하였삽더니, 이놈이 우치의 당류라 하오니 죽이사이다."

상이 윤허하여 이 한가를 행형할 때, 문득 광풍이 대작하더니 한자경이 간 데 없이 사라졌다. 이는 전우치가 구함이었다.

행형관이 이대로 상달하였다.

그때 우치는 자경을 구하여 제 집으로 보내며 말했다.

"내 그대더러 무엇이라 당부하였뇨. 그대를 불쌍히 여겨 그 그림을 주었거늘 그대 내 말을 듣지 아니하고 하마터면 죽을 뻔하였으니, 이제 누구를 원망하고 누구를 한탄하리요."

우치가 두루 돌아다녀 한 곳에 다다라 보니 4문에 방이 붙어 있었다.

속으로 냉소하며 궐문으로 나아가 크게 외쳤다.

"전우치 자현하나이다."

정원에서 연유를 상달하니, 상이 말했다.

"이놈의 죄를 사하고 벼슬을 시켰다가 만일 영난함이 또 있거든 죽이리라."

그리하여 즉시 입시하라 하니, 우치가 들어와 복지사은했다.

상이 우치에게 말했다.

"네 죄를 아느냐?"

우치가 또 복지사례하며 대답했다.

"신의 죄 만사무석이로소이다."

"내 네 죄를 보니 과연 신기한지라, 중죄를 사하고 벼슬을 주노니 너는 진충보국(나라에 대하여 충성을 다함)하라."

그리고 선전관에 동자관 겸 사복내승을 하사하셨다.

우치 사은숙배하고 하처를 정한 후 궐내에 입직할 새, 행수선전관 이 조사가 보채기를 심히 괴롭게 하는지라.

우치가 갚으려 하더니, 하루는 선전관이 퇴질을 차례로 할 새 우치조차 차례를 당함에 가만히 망두석을 빼어다가 퇴를 맞추니, 선전관들의 손바닥에 맞혀 매우 아파 능히 치지를 못하고 그쳤다.

이리저리 수삭이 됨에 선전관들이 모두 하인을 꾸짖어 허참(새로 출사하는 벼슬아치가 구관에게 음식을 차려 대접하는 일)을 재촉하라 하니, 하인들이 연유를 고했다.

그러자 우치가 말했다.

"나는 궤를 옮겼기로 더 민망하니 명일 백사장으로 제진하라."

그러자 서원이 품했다.

"자고로 허참을 적게 하려 해도 수백 금이 드오니 4, 5일을 숙설(잔치 때에 음식을 만드는 일)하와 치르리이다."

"내 벌써 준비함이 있으니 너는 잔말 말고 개문입시하여 하인 등을 대령하라."

서원과 하인이 물러나와 서로 의논하되,

"우치가 비록 능하나 이 일새에는 믿지 못하리라."

하고, 각처에 지휘하여 명일 평명(해가 뜰 무렵)에 백사장으로 제진하게 하였다.

이튿날 모든 하인이 백사장에 모이니, 구름차일은 반공(半工)에 솟아 있고, 포진과 수석(首席) 금병(金瓶)이 눈에 휘황찬란하며, 풍악이 진천(震天)하며, 수십 간 뜸집을 짓고 일등 숙수아(熟手兒) 열 명이 앞에 안반을 놓고 음식을 장만하니, 그 풍비함은 금세 없을 터였다.

날이 밝으매 선전관 4, 5인이 일시에 준총(駿驄)을 타고 나오니, 포진이 극히 화려한지라. 차례로 좌정함에 오음육률(五音六律)을 갖추어 풍악을 질주하니, 맑은 소리 반공에 어리었다.

각각 상을 들이고 잔을 날려 술이 반감하자 우치가 말했다.

"조사(曹司) 일찍이 호협방탕하여 주사청루에 다녀 아는 창기 많으니, 오늘 놀이에 계집이 없어 가장 무미하니, 조사 나아가 계집을 데려오리이다."

차시에 제인이 모두 반취하였는지라, 저마다 이렇게 말했다.

"가히 오입쟁이로다."

우치가 하인을 데리고 나는 듯이 남문으로 들어가더니 오래지 아니하여 무수한 계집을 데려다가 장 밖에 두고, 큰 상을 물리고 또 상을 들이니 수륙진찬이 성비하여 풍악이 진천했다.

그러한 중에 우치가 말했다.

"이제 계집을 데려왔으니 각각 하나씩 수청하여 흥을 돋움이 가하나이다."

그러자 모든 사람이 기뻐하며 차례로 하나씩 불러 앉혔는데, 각각 계집을 앉히고 보니 모두 다 자신의 아내였다.

놀랍고 분하나 서로 알까 저어하며, 아무 말도 못하고 크게 노하여 모두 상을 물리고 각기 말을 타고 집으로 돌아갔다.

집에 돌아오니, 노복이 혹 발상하고 통곡하며 집안의 소요함도 있어 경괴하여 물었다.

"부인이 어느 때에 기세하셨느뇨?"

시비가 대답했다.

"오래지 아니하나이다."

이 말을 듣고 저마다 경악해 마지않았다.

그중 김 선전이란 자는 집에 돌아오니 노복이 발상하고 울기에 물었더니, 모든 노복이 반겨하며 말했다.

"부인이 의복을 마르시더니, 관격(음식이 급하게 체하여 먹지도 못하고, 대소변도 못 보고 인사불성이 되는 병)이 되어 기세하셨다가 지금 회생하였나이다."

이 말을 듣고 김 선전이 크게 노하여 소리쳤다.

"어찌 나를 속이려 하느냐? 이 몹쓸 처자가 양가 문호를 돌아보지 않고 이런 해참한 일을 하되 전혀 몰랐으니 어찌 통탄치 아니리요."

김 선전은 분기 돌돌하여 모른 척하려다가 진위를 알기 위해 들어가 보니 부인이 과연 죽었다가 깨어나 있었다.

부인이 일어나 비로소 김 선전을 보고 말했다.

"내 한 꿈을 꾸었는데, 한 곳에 가니 대연을 배설하고 모든 선전관이 열좌하고 있었습니다. 그곳에 나 같은 노소 부인이 모였는데, 한 사람이 가로되 기생을 데려왔다고 말하니 하나씩 앞에 앉혀 수청케 하는 것이었습니다. 나는 가군의 앞에 앉히기로 묵연히 앉았는데, 좌중 제객이 다 불호하며 노색을 띠었습니다. 가군이 먼저 일어나고, 모든 사람이 저마다 흩어지는 바람에 내

꿈을 깨었습니다."
 김 선전은 부인의 말을 듣고 할 말이 없는 중 의혹만 크게 가질 뿐이었다.
 하루는 동관으로 더불어 즉일 백사장 놀음의 창기 말과, 각각 부인이 혼절하던 일을 전하여,
 "이는 반드시 전우치의 요술로 우리들에게 욕보임이라."
하였다.

*

 이때 함경도 가달산에 한 도적이 있었는데, 재물을 노략하며 인민을 살해했다.
 본읍 원이 관군을 발하여 잡으려 했지만 능히 잡지 못하고 나라에 장계를 올렸다.
 상이 크게 근심하며 조정에 전지하여 파적지계를 의논하라 하니, 우치가 상주했다.
 "도둑의 형세 심히 크다 하오니, 신이 홀로 나아가 적세를 본 다음 잡을 묘책을 정하리이다."
 상이 크게 기뻐하면서 어주와 인검을 주며 일렀다.

"도적세 호대하거든 이 칼로 사졸을 호령하라."

우치는 사은하고 물러 나온 다음 즉시 말에 올라 장졸을 거느리고 여러 날 만에 가달산 근처에 다다랐다.

그곳은 큰 산이 하늘에 닿는 듯하고 수목이 총잡하며 기암괴석이 중중하여 무척 험악했다.

우치는 군사를 산하에 머물게 한 다음, 상이 하사한 인검을 가지고 몸을 흔들어 변하여 솔개가 되어 가달산으로 날아갔다.

원래 가달산 중 수천 명 적당 중에 한 괴수가 있었는데, 성은 엄이요, 명은 준이었다. 용맹이 절륜하고 무예 또한 출중했다.

이때 우치가 공중에서 두루 살펴보니, 엄준이 엄연히 홍일산을 받고 천리백총마를 타고, 채의홍상한 시녀를 좌우에 벌이고 종자 백여 명을 거느린 채 바야흐로 산사냥을 하고 있었다.

우치가 자세히 살펴보니 기골이 장대하고 신장이 팔 척이요, 낯빛이 붉고 눈이 방울 같으며, 수염은 바늘을 묶어 세운 듯했다. 일대 걸물이었다.

엄준이 추종들을 거느리고 이골 저골로 한바탕 사냥하다가 분부를 내렸다.

"오늘은 각처 갔던 장수들이 다 올 것이니, 마땅히 소 열 필을 잡고 잔치하리라."

그러고는 소리 쇠북을 울려 댔다.

이때 우치는 일계를 생각하고 나뭇잎을 훑어 신병을 만들어 창검을 들린 다음 기치를 벌여 진을 이루고, 머리에 쌍통구를 쓰고, 몸에 황금 쇄자갑(돼지가죽으로 만든 미늘을 서로 꿰어서 지은 갑옷)에 황라 전포를 겹쳐 입고, 천리백총마를 타고, 손에 청사랑인도를 들고 짓쳐 들어갔다.

성문이 굳게 닫혀 있었기에, 우치가 문 열리는 진언을 염하니 문이 절로 열렸다.

들어가며 좌우로 살펴보니 장려한 집이 두루 벌였고, 사처 창고에 미곡이 가득하며, 차차 전진하여 한 곳에 이르니 전각이 굉장하여 주란화동이 반공에 솟아 있었다.

우치 이윽히 보다가 몸을 변하여 솔개 되어 날아 들어가 보니 도둑 두목이 황금 교자에 높이 앉고 좌우에 제장을 차례로 앉히고서 크게 잔치를 하고 있었다.

또한 그 뒤에 있는 대정에는 미녀 수백 인이 열좌하여 상을 받았기에, 우치는 그 하는 양을 보려고 진언을 염했다.

그리하여 무수한 줄이 내려와 모든 장수의 상을 거두어 가지고 중천에 높이 떠오르게 했으며, 광풍을 불어 닥치게 하니 모두가 눈을 뜨지 못했다. 그러자 운문 차일과 수놓은 병풍이 무너져 공중으로 날아갔다.

그런 와중에 엄준은 정신을 진정치 못한 채 뜰아래 나무등걸을 붙들고서 모든 군사 차반을 들고 표풍(바람결에 떠서 흘러감)하여 굴렸다.

우치는 그들을 한바탕 속인 다음 바람을 거두고, 빼앗아 온 음식을 가지고 산하에 내려와 장졸을 나누어 먹이고 그곳에서 잤다.

이때 바람이 그쳐, 엄준과 제장이 비로소 정신을 차리고 보니 그 많은 음식이 하나도 없었다. 특히 엄준이 가장 괴이하게 여겼다.

이튿날 평명이 되자 우치는 다시 산중으로 들어가 갑주를 갖추고 문전에 이르러 크게 호령했다.

"반적은 속히 나와 내 칼을 받으라."

수문한 군사가 급히 고하자, 엄준이 크게 놀라며 급히 장졸을 거느리고 문밖에 나와 진을 쳤다. 엄준이 휘검출마하며 말했다.

"너는 어떠한 장수인데 감히 나와 싸우고자 하는가?"

"나는 전교를 받고, 너희를 잡으러 왔다. 내 성명은 전우치다."

"나는 엄준이다. 네 능히 나를 저당할까?"

하며 달려들었다.

우치가 이를 맞아 싸웠는데, 양인의 재주 신기하여 맹호 밥을 다투는 듯, 청황룡이 여의주를 다루는 듯했다. 양인의 정신이

씩씩하여 진시로부터 사시에 이르도록 승부가 나지 않자, 양진에서 징을 쳐 군을 거두었다. 제장이 엄준을 보고 치하하며 말했다.

"작일 천변을 만나 마음이 놀랐으되, 오늘 범 같은 장수를 능적하시니 하늘이 도우심이라. 그러나 적장의 용맹이 절륜하니 가히 경시치 못하리로다."

엄준이 크게 웃으며 말했다.

"적장이 비록 용맹하나 내 어찌 저를 두려워하리요. 명일은 결단코 우치를 베고 바로 경성으로 향하리라."

이튿날에 진문을 대개하고, 엄준이 크게 호령했다.

"전우치는 빨리 나와 내 칼을 받으라. 오늘은 맹세코 너를 베리라."

엄준이 장검출마하여 전우치를 비방하니, 우치가 크게 노하여 말을 내몰아 칼춤을 추며 즉각 응답했다. 그러나 교봉 삼십여 합에 적장의 창이 번개 같았다.

우치는 무예로써 이기지 못할 줄 알고 몸을 흔들어 변하여 제 몸을 공중에 오르게 하여 거짓 몸으로 엄준을 대적했다. 그러고는 크게 꾸짖으며 말했다.

"내 평생에 생살을 하지 않으려 했지만, 이제 너를 죽이리라."

그러고는 속으로 다시 생각했다.

'이놈을 생금하여 만일 순종하면 죄를 사하여 양민을 만들고, 불연즉 죽여 후환을 없이 하리라.'

우치는 공중에서 칼을 번득이며 소리쳤다.

"적장 엄준은 나의 재주를 보라."

엄준이 크게 놀라 하늘을 쳐다보니 한 떼의 구름 속에서 우치의 검광이 번개 같거늘 대경실색하여 급히 본진으로 돌아가려 했다.

그런데 앞에서 우치가 칼을 들어 길을 막는가 싶더니, 뒤에서 따르고, 좌우에서 칼을 들어 짓쳐 오고, 또 머리 위에서 우치가 말을 타고 춤을 추며 엄준을 범해 왔다. 사태가 급한지라, 엄준이 정신이 아득하여 말에서 떨어졌다.

우치는 그제야 구름에서 내려와 거짓 우치를 거두고 군사를 호령하여 엄준을 결박하여 본진으로 보냈다. 장졸들은 엄준이 잡혀감을 보고 싸울 뜻이 없다는 뜻을 내보였다.

우치는 한 사람도 상치 않게 하고 꾸짖었다.

"여등이 도둑을 좇아 각 읍을 노략하고 백성을 살해하니 그 죄 비경하나, 특별히 죄를 사하노라. 여등은 각각 고향에 돌아가 농업에 힘쓰고 가산을 다스려 양민이 되라."

그러자 모든 장졸이 고두사은하고 행장을 수습하여 일시에 흩어졌다.

우치가 엄준의 내실에 들어가니, 녹의홍상한 시녀와 가인이 수백 명이었다. 모두를 제 집으로 보내고, 본진에 돌아와 장대에 높이 앉아 좌우를 호령하며 엄준을 계하에 꿇리고 여성대매(성난 목소리로 크게 꾸짖음)했다.

"네 재주와 용맹이 있거든 마땅히 진충보국(충성을 다하여 나라에 은혜를 갚음)하여 후세에 이름을 전함이 옳거늘, 감히 역심을 품고 산적이 되어 재물을 노략하여 인민을 살해하니 마땅히 삼족을 멸할지라. 어찌 잠시나 용대하리요."

그러고는 무사를 호령하여 원문 밖에 참하라 하니 엄준이 슬픈 기색으로 빌었다.

"소장의 죄상은 만사무석이오나, 장군의 하해 같으신 덕으로 잔명을 살리시면 마땅히 허물을 고치고 장군의 휘하에 좇으리이다."

엄준의 뉘우치는 눈물이 비 오듯 하며 진정이 표면에 드러나자, 우치는 침음반향(오랫동안 깊이 생각함)하여 말했다.

"네 실로 회과천선(허물을 뉘우치고 나쁜 짓을 고쳐 착하게 됨)하면 죄를 사하리라."

그러고는 무사에게 분부하여 묶은 것을 끄르게 하고 위로한 후 신병을 파하고 첩서를 닦아 올렸다. 그런 다음 산채를 불 지르고 즉시 발행했다.

 엄준은 우치의 재주에 항복하여 은혜에 사례하고 고향에 돌아가 양민이 되었다.

 우치는 대궐로 돌아가 엎드려서 상을 인견했다. 상은 파적한 설화를 들으시고 칭찬하며 상을 후히 내렸다.

 우치는 천은에 감축하며 집으로 돌아와 모친을 뵈옵고 상사하신 물건을 드렸다. 부인이 감축해 마지않았다.

*

 우치가 서울로 돌아오자, 온 조정백관이 그의 성공을 치하했다. 그러나 선전관은 한 사람도 오지 않았는데, 이는 전일 놀이에 부인들을 욕보인 허물 때문이었다.

 우치는 이러한 기색을 짐작하고 이들을 다시 혼내려 했다.

 하루는 월색이 조용함을 틈타 오운을 타고 황건영사와 이매망량을 다 모은 다음 신장(神將)에게 명하여 모든 선전관을 잡아 오라 하니, 오래지 않아 모두 잡혀 왔다.

 우치가 구름 교의에 높이 앉아 있고, 좌우에는 신장이 벌려서서 등촉이 휘황했다. 황건역사와 이매망량이 각각 일 인씩 잡아들이거늘, 모든 선전관이 벌벌 떨며 땅에 엎드려 쳐다보았다.

이윽고 우치가 큰소리로 꾸짖었다.

"내 너희들의 교만한 버릇을 징계하려 전일 너희들의 부인을 잠깐 욕되게 하였으나 극한 죄 없거늘, 어찌 이렇듯 함원하여 아직도 잘난 체하는 것인가. 내 너희를 다 잡아 풍도로 보내리라. 내가 밤이면 천상 벼슬에 다사하고, 낮이면 국가에 중임이 있어 지금껏 천연했지만, 이제 너희를 잡아 옴은 지옥에 보내어 만모(거만한 태도로 남을 업신여김)한 죄를 속하려 함이니라."

그리고 이들을 역사로 하여 곧 몰아내려 하니 모두 청령하고 달려들었다.

우치가 다시 분부를 내렸다.

"너희는 이 죄인을 압령하여 냉옥에 가두라. 그리고 법왕께 주하여 이 죄인들을 지옥에 가두고 팔만 겁이 지나거든 업축(전생의 되의 과보로 이승에서 괴로움을 받도록 태어난 짐승)을 만들어 보내라."

선전관들이 경황 중에 이 말을 듣고는 혼비백산하여 빌었다.

"우리들이 암매(못나고 어리석어 생각이 밝지 못함)하여 그릇된 죄를 범하였사오니, 바라건대 죄를 사하시면 다시 허물을 고치리이다."

우치가 얼마 후에 이렇게 말하며 모두를 내쳤다.

"내 너희를 풍도로 보내고 누천년이 지나도록 인세에 나오지 못하게 하렸더니, 전일 안면을 고념하여 지금은 놓아 보낸다. 하지만 후일에 다시 보아 처치할 것이다."

이때 선전관이 모두 깨달으니 한꿈이라. 정신을 진정치 못하여 땀이 흐르고 심혼이 요요하였다.

하루는 선전관이 모두 전일 몽사를 말하니 다 한결같은지라, 그 후로는 우치를 각별하게 대접했다.

이때 상이 호판에게 물었다.

"전일 호조의 은이 변하였다 하니 어찌 된 일인고?"

"지금껏 변한 상태로 있나이다."

상이 또 창고가 어떤지를 물었다.

"다 변한 대로 있나이다."

그러자 상이 근심했다.

이를 보고 우치가 말했다.

"신이 원컨대 창고와 어고를 가 보옵고 오리이다."

상이 이를 허하시자, 우치는 호판을 따라 호조에 이르러 문을 열어 보았다.

은이 예와 같거늘 호판이 크게 놀라며 말했다.

"내가 작일에도 보고 아까도 변함을 보았거늘 지금은 은으로 보이니 참으로 괴이하도다."

또한 창고에 가 문을 열고 보니 쌀도 여전하고 조금도 변한 데가 없기에, 모두들 놀라고 신기하게 여겼다.

우치가 두루 살펴보고 궐내에 들어가 이대로 상달하니, 상이 듣고서 기꺼워하셨다.

이때에 간의대부가 상주했다.

"호서 땅에 사오십 명이 둔취(여럿이 한곳에 모여 있음)하여 찬역(임금의 자리를 빼앗으려는 반역)할 일을 의논하여 불구에 기병하리라 하고 문서를 가지고 신에게 왔사오니, 그자를 가두고 사연을 주하나이다."

상이 탄식했다.

"과인이 박덕하여 처처에 도둑이 일어나니 어찌 한심치 아니하리오."

그러고는 금부와 포청에 일러 잡으라 하니 불구에 적당을 잡았거늘, 상이 친국하실 새 그중 한 놈이 말했다.

"선전관 전우치는 주주 과인하기로 신 등이 우치로 임금을 삼아 만민을 평안하려 하더니, 명천이 불우하사 발각하였사오니 죄사무석이로소이다."

이때 우치가 문사랑청(죄인의 취조서를 작성하여 읽어 주는 일을 맡아 보던 임시 벼슬)으로 시위하였더니, 불의에 이름이 역도의 초사(죄인이 그 범죄 사실을 진술하는 말)에 나는지라.

상이 크게 노하여 말했다.

"우치가 모역함을 짐작하되 나중을 보려 하였더니, 이제 발각되었으니 빨리 잡아 오라."

나졸이 수명하고 일시에 따라 들어와 관대를 벗기고 옥계 하에 꿇리니, 상이 진노하며 형틀에 올려 매고 죄를 물었다.

"네 전일 나라를 속이고 도처마다 장난함도 용서치 못할 것이거늘, 이제 또 역률에 든 것을 발병하니 어찌 면하리요."

그러고는 나졸에게 호령했다.

"한 매에 죽여라!"

집장과 나졸이 힘껏 치나 능히 매를 들지 못하고 팔이 아파서 치지 못하자, 우치가 아뢰었다.

"신의 전일 죄상은 죽어 마땅하나 금일 일은 만만 애매하오니 용서하옵소서."

하지만 주상은 필경 용서치 않았다.

"신이 이제 죽사올진대 평생에 배운 재주를 세상에 전치 못하여 지하에 돌아가 원혼이 되리니, 복원 성상은 원을 풀게 하옵소서."

상은 속마음으로 헤아렸다.

'이놈이 재주 능하다 하니 시험하여 보리라.'

그러고는 이렇게 하문했다.

"네 무슨 능함이 있기에 이리 보채느뇨?"

"신이 본시 그림 그리기를 잘하니, 나무를 그리면 나무가 점점 자라고, 짐승을 그리면 짐승이 기어 가고, 산을 그리면 초목이 나서 자라니, 이러므로 명화라 하옵니다. 이런 그림을 전하지 못하고 죽사오면 어찌 원통하지 않으리까."

상은 또다시 생각했다.

'이놈을 죽이면 원혼이 되어 괴로움이 있지 않을까.'

그리하여 즉시 맨 것을 끌러 주라 하고는 지필을 내리며 원을 풀라 했다.

우치가 지필을 받고 곧 산수를 그리니 천봉만학과 만장폭포 산상을 좇아 산 밖으로 흐르게 했다. 또한 시냇가에 버들을 그려 가지를 늘어지게 그리고, 밑에 안장 지은 나귀를 그리더니 붓을 던지며 사은했다.

상이 우치에게 물었다.

"너는 방금 죽일 놈이라. 사은함은 무슨 뜻이뇨?"

우치가 대답했다.

"신이 이제 폐하를 하직하옵고 산림으로 들어 여년을 마치고자 하와 주하나이다."

그러고는 나귀 등에 올라 산동구로 들어가더니 이윽고 간 데 없이 사라졌다.

이에 상이 크게 놀라며 소리쳤다.

"내 이놈의 꾀에 또 속았으니 이를 어찌하리요."

그러고는 그 죄인들은 내어 버리라 하시고 친국을 파했다.

이때 우치는 자신이 조정에 있을 때 매양 시기하여 해코자 하던 이조판서 왕연희가 이날 친국 시에 상께 참소하여 죽이려 한 것이 분해서, 몸을 변하여 왕연희가 되어 추종을 거느리고 왕연희 집으로 갔다.

왕연희가 궐내에서 돌아오지를 않자, 내당에 들어가서 기다렸다.

일몰이 되어 왕공이 돌아오매, 부인과 시비 등이 막지기고(일의 까닭을 알지 못함)했지만 우치가 이렇게 말했다.

"천년이 된 여우가 변하여 내 얼굴이 되어 왔으니 이는 변괴로다."

왕연희가 소리쳤다.

"어떤 놈이 내 얼굴이 되어 내 집에 있는가?"

우치는 즉시 하리에게 명하여 냉수 한 그릇과 개피 한 사발을 가져오라 하더니, 연희를 향해 그것을 한 번 뿜은 다음 진언을 염했다.

이윽고 왕연희가 꼬리 아홉 가진 여우로 변하자, 노복 등이 그제야 칼과 몽둥이를 가지고 달려들었다,

우치가 이를 만류하며 말했다.

"이 일은 우리 집의 큰 변괴니 궐내에 들어가 아뢰고 처치하리라."

아주 단단히 묶어 방 안에 가두라 하니, 노복이 왕연희의 네 굽을 동여 방에 가두고 숙직했다.

불의지변을 만난 왕공이 말을 하려 해도 여우 소리처럼 되고, 정신이 아득하여 기운이 시진하니 아무것도 하지 못한 채 눈물만 흘릴 뿐이었다.

우치는 속으로 생각했다.

'사오 일만 속이면 목숨이 그칠까.'

그러고는 우치가 왕공을 가둔 방에 이르러 보니 사지를 동여 꿇려 있었다.

우치가 그를 보며 말했다.

"연희야, 너는 나와 평일에 원수 없거늘 구태어 나를 해하려 하느냐? 하늘이 죽이려 하시면 죽으려니와 그렇지 아니하면 죽지 않을 것이다. 그런데 네 미혹하여 나라에 참소하고 득총하려 하기로, 나는 너를 칼로 죽여 한을 설할 것이로되 내 평생에 살생을 하지 않으려 너를 용서하는 것이다. 일후 만일 어전에서 나를 향하여 무고한 짓을 하면 그때는 용서하지 않으리라."

그러고는 진언을 염하니, 왕연희는 벌써 우치인 줄 알고 황겁하여 재배하며 무수히 사례를 했다.

"전공의 재주는 세상에 없는지라. 내 삼가 교훈을 불망하리이다."

"내 그대를 구하고 가나니, 내 돌아간 후 집안이 소요하면 여차여차하고 있으라."

우치는 이렇게 이르고서 구름에 올라 남쪽으로 갔다.

이런 말을 왕공이 듣고 혼잣말처럼 읊조렸다.

"우치의 술법이 세상에 희한하니, 짐짓 사람을 희롱함이요, 살해는 아니하도다."

그러고는 즉시 노복을 불러 요정(妖精)을 수색하라 명했다.

노복 등이 가서 보니 간 데 없기에 크게 놀라서 그대로 고하니, 공이 거짓 노한 체하며 꾸짖어 물리쳤다.

"여등이 소홀하여 잃었도다."

*

이때 우치는 집으로 돌아와 한가히 돌아다녔다.

한 곳에 이르러 보니 소년들이 한 족자를 다투어 보면서 칭찬했다.

"이 족자 그림은 천하에 둘도 없는 명화라."

우치가 그림을 보니 미인도 있고 아이도 있는데 희롱하는 모양이었다. 입으로는 말을 못 하나 눈으로는 보는 듯하니 생기 유동했다.

모든 소년이 보고 흠앙함을 마지않는 것을 보고, 우치는 한 계교를 생각하고 웃으면서 말했다.

"그대들 눈이 높아 그러하거니와 물색을 모르는도다."

"이 족자 그림이 사람을 보고 웃는 듯하니, 이런 명화는 이 천하에 없을까 하노라."

"이 족자 값이 얼마나 하뇨?"

"값인즉 은자 오십 냥이니 그림값은 그림 분수보다 적다."

"내게도 족자가 하나 있으니 그대들은 구경하라."

그러고는 소매에서 족자 하나를 내놓으니, 모두 보건대 역시 한낱 미인도였다.

인물이 매우 아름답고 녹의홍상을 정제하였는데, 옥모화용이 짐짓 경국지색이었다. 사람들은 미인이 유마병을 든 것을 가장 신기하고 묘하게 생각했다.

"이 족자가 더욱 좋으니, 우리 족자보다 낫도다."

여러 사람이 보고 칭찬을 하자, 우치가 말했다.

"내 족자의 화려함도 사람의 이목을 놀래려니와, 이중에 한

층 더 묘한 것을 구경케 하리라."

그러고는 누군가를 나직하게 불렀다.

"주선량은 어디 있느뇨?"

그러자 족자 속에서 미인이 대답을 하고 나오는 것이었다.

우치가 말했다.

"미랑은 모든 상공께 술을 부어 드려라."

선랑은 즉시 응낙하고 벽옥배에 청주를 부어 나눠 주기 시작했다.

우치가 먼저 받아 마셨고, 동자가 마침 상을 올렸다. 우치는 안주를 먹고 나자, 연하여 차례로 사람들이 잔을 받아 모두가 마셨는데 맛이 무척 청렬하였다.

많은 사람이 각각 일배주를 파하자, 주선랑은 동자를 데리고 상과 술병을 거둔 다음 다시 족자 그림이 되었다. 사람들이 크게 놀라며 말했다.

"이는 신선이요, 조화가 아니다. 이 희한한 그림은 천고에 듣지도 못하고 보던 바 없느니라."

그중에 오생이란 사람이 말했다.

"내 한 번 시험하여 보리라. 우리들의 술은 나쁘니, 주선랑을 다시 청하여 한 잔씩 먹게 함이 어떠하뇨?"

우치에게 청하니 우치가 허락했다.

오생이 가만히 부르기를,

"주선랑아, 우리들이 술이 나쁘니 더 먹기를 청하노라."

하니, 문득 선랑이 술병을 들고 나오고 동자는 상을 가지고 나왔다.

사람들이 자세히 보니 그림이 화하여 사람이 되어 병을 기울여 잔에 가득 부어 드리거늘, 받아 마신즉 향기가 입에 가득하고 맛이 기이했다.

사람들은 또 한 잔씩 마시고 술에 잔뜩 취했다.

"우리들은 오늘날 존공을 만나 선주를 먹으니 다행이거니와, 또한 묘한 일을 많이 보니 신통함이야 어찌 측량하리요."

그 사람의 말을 듣고 우치가 말했다.

"그림의 술을 먹고 어찌 사례하리요?"

"그 족자를 내가 갖자 하오니 팔지 않겠소?"

"내가 가진 지 오래지만, 정히 욕심을 내는 자가 있으면 팔려 하노라."

"그림 값이 얼마나 되느뇨?"

"술병이 천상의 주천(酒泉)을 응하였기로 술이 일시도 없지 않아 유주영준하니, 이러므로 극한 보배라. 은자 일천 냥을 받고자 하나, 오히려 헐하다 하노라."

"내게 누만금이 있으나 이런 보배는 처음 보는 바이다. 원컨대 형이 내 집에 가서 수일만 머무르면 일천금을 주리라."

우치가 족자를 거두어 가지고 오생의 집으로 가니, 사람들은 대취하여 각각 흩어졌다.

우치가 족자를 오생에게 전하며 말했다.

"내 명일 돌아올 것이니 값을 준비하여 두라."

그러고는 어디론가 사라져 버렸다.

오생이 술에 대취하여 족자를 가지고 내당에 들어가 다시 시험하려고 족자를 벽에 걸고 보니 선랑이 병을 들고 섰거늘, 생이 가만히 선랑을 불러 술을 청했다. 선랑과 동자가 나와 술을 더 권하니, 생이 그 고운 태도를 보고 사랑하게 되었다. 이에 옥수를 이끌어 무릎 위에 앉히고 술을 받아 마신 후 춘정을 이기지 못하여 침석에 들려 하는데, 문득 문을 열고 급히 들어오는 여자가 있었다. 이는 생의 처 민 씨였다.

위인이 투기에는 선봉이요 싸움에는 대장이라, 생이 어거치 못하더니 금일 생이 선랑을 안고 있음을 보고 크게 노하여 급히 달려들었다.

선랑이 일어나 족자로 들어가자, 민 씨가 더욱 화를 내며 족자를 갈갈이 찢어 버렸다.

생이 놀라며 민 씨를 꾸짖을 즈음에 우치가 와서 부르는 소리가 들렸다.

오생이 나와 맞이하며 인사를 마친 후 전후수말을 자세히 고하니, 우치가 즉시 몸을 흔들어 거짓 몸은 오생과 수작하고 정몸은 곧 안으로 들어가 민 씨를 향해 진언을 염했다.

그러자 민씨가 문득 변하여 대망(이무기)이 되어 방이 가득 차게 하고 가만히 나와 거짓 몸을 거두고 정몸을 현출하여 오생에게 말했다.

"이제 형의 부인이 나의 족자를 없앴으니 값을 어찌하려 하느뇨?"

그러자 오생이 말했다.

"이는 나의 죄라. 어찌하여 값을 아니 내리요. 마땅히 환을 하여 주시면 즉시 갚으리이다."

이에 우치가 오생에게 말했다.

"그러나 그대 집에 큰 변괴가 있으니 들어가 보라."

오생이 경아하여 안방에 들어와 보니 문득 금빛 같은 대망이 두 눈을 움직이며 상 밑에 엎드려 있는 것이 아닌가. 생이 대경실색하여 급히 내달으며 우치를 보고 소리쳤다.

"방 안에 흉악한 짐승이 있어, 쳐 죽이려 하노라."

"그 요괴를 죽이지는 못하리라. 만일 죽이면 큰 화를 당할 것이다. 내게 한 부적이 있으니 그 부적을 허리에 붙이면 금야에 자연 사라지리라."

그러고는 소매 속의 부적을 내어 가지고 안방에 들어가 대망의 허리에 붙이고 나와서 오생에게 물었다.

"이곳에 경문 외우는 자 있느뇨?"

생이 대답했다.

"이곳에는 없나이다."

"그러면 방문을 열고 보지 말라."

이렇게 당부한 다음, 즉시 거짓 민 씨 하나를 만들어 내당에 두고 돌아갔다.

생이 우치를 보내고 내당에 들어오니, 금침에 싸여 누워 있던 민 씨가 근심에 찬 목소리로 말했다.

"우리 집의 천 년 묵은 요괴가 그대의 얼굴이 되어 외당에 나와 신선의 족자를 찢어 버리므로, 아까 그 신선이 대망이 스스로 녹을 부적을 허리에 매고 갔으니 족자 값을 어찌하리오."

이튿날 우치가 돌아와서 방문을 열고 보니 민 씨는 그대로 대망으로 있었다.

우치가 대망을 꾸짖었다.

"네 가군을 업수이 여겨 요악을 힘써 남의 족자를 찢고 또 나를 수욕한 죄로 금사망을 씌워 여러 해 고초를 겪게 하려 했다. 그러나 이제 전과를 고쳐 회과천선한다면 이 허물을 벗기겠지만, 그렇지 않으면 그냥 지금대로 둘 것이다."

민 씨가 고두사죄하자, 우치가 진언을 염했다. 순간 금사망이 절로 벗어졌으며, 민 씨는 절을 하며 사례했다.

"선관의 가르치심을 들어 회과하오리이다."

우치는 내당에 있는 민 씨를 거두고 구름으로 올라 집으로 돌아왔다.

*

어느 곳에 양봉환이란 선비가 있었는데, 어려서부터 글 읽는 것을 좋아했다.

그런데 하루는 우치가 이 선비를 찾아가니 병들어 누워 있는 것이었다.

우치가 물었다.

"그대 병이 이렇듯 중한데 어찌 늦게야 알았느뇨?"

양생이 힘없이 말했다.

"때로는 심통이 아프고 정신이 혼미하여 식음을 전폐한 지 이미 오래니 살지 못할까 하노라."

"이 병세는 사람을 생각하여 났도다."

"과연 그러하니라."

"어떤 가인(佳人)을 생각하느뇨?"

"나는 연장 사십에 여색에 뜻이 없노라. 한데 남문 안 현동에 정 씨라 하는 여자가 있는데, 일찍 과거(寡居)하여 다만 시모를 모시고 사는데 인물이 절색이라. 마침 그 집 문 사이로 보고 돌아온 후 상사하여 병이 되매 아마도 살아나지 못할까 하노라."

"말 잘하는 매파를 보내어 통혼(通婚)하라."

"그 여자 절개 송죽(松竹) 같으니, 마침내 성사치 못하고 속절없이 은자 수백 냥만 허비하였노라."

"내 형장(兄丈)을 위하여 그 여자를 데려오리라."

"형의 재주 유여하나 부질없는 헛수고만 하리로다."

"그 여자 춘광이 얼마나 되느뇨?"

"스물세 살이로다."

"형은 방심하고 내가 돌아오기만 기다려라."

그러고는 구름을 타고 날아가 버렸다.

정 씨는 일찍 과거하고 홀로 세월을 보내면서 슬픈 심회를 어쩌지 못해 죽고자 하나 임의치 못하고, 위로 노모를 모시고 다른 동기 없어 모녀 서로 의지하며 세월을 보내었다.

하루는 정 씨가 심신이 산란하여 방 안에서 배회했는데, 구름 속에서 일위 선관이 내려와 낭성을 불러 말했다.

"주인 정 씨는 빨리 나와 남두성의 명을 받으라."

정 씨는 이 말을 듣고 모친께 고하니, 부인이 놀라 뜰에 내려 복지하고 정 씨 역시 복지했다.

그러자 선관이 말했다.

"선랑은 천명을 순수하여 천상 요지 반도연에 참여하라."

정 씨는 이 말에 크게 놀라서 물었다.

"첩은 더러운 인간의 몸이요 또한 죄인인데, 어찌 천상에 올라가 옥제 좌하에 참예하리까?"

선관이 말했다.

"정 선랑은 인간의 더러운 물을 먹어 천상의 일을 잊었도다."

그러고는 소매에서 호로를 내어 향온(찹쌀과 멥쌀을 쪄 내어 끓는 물을 넣고 그 밥이 물에 잠긴 뒤에 퍼서 식히고, 녹두와 보리를 섞어 만든 누룩으로 담근 술)을 가득 부어 동자로 하여금 권하게 했다.

정 씨가 이를 받아 마시고 정신이 혼미하여 인사를 모르니, 선관이 정 씨를 한 번 가르치자 문득 채운으로 올랐다.

이때 강림도령이 모든 거지를 데리고 저잣거리로 다니며 양식을 빌던 중에 홀연 채운이 동남으로 지니며 향취가 옹비하자, 강림이 치밀어 보고 한 번 구름을 가리켰다. 그러자 운문이 열리면서 일위 미인이 땅에 떨어지는 것이었다.

우치가 크게 놀라 급히 좌우를 살펴보았지만 법술을 행하는 자는 아무도 없었다. 우치는 이를 괴이히 여겨 다시 행술하려 했는데, 문득 한 거지가 내달아 꾸짖었다.

"필부 전우치는 들어라. 네가 요술로 나라를 속이는 그 죄도 크나, 다만 착한 일 하는 방편을 행하므로 무사함을 얻었는데, 이제 흉악한 심장으로 절부를 훼절코자 하니, 어찌 명천이 버려두시리오. 이러므로 하늘이 나를 내리사 너 같은 요물을 없애게 하심이니라."

우치가 크게 화를 내며 보검을 빼어 치려 하니 그 칼이 변하여 큰 범이 되어 도리어 저를 해하려 했다. 우치가 몸을 피하고자 했지만 문득 발이 땅에 붙어 움직이지 않았다.

급히 변신코자 했으나 법술이 행치 못하자, 크게 놀라서 그 아이를 바라보았다. 비록 의복은 남루하나 도법이 높은 줄 알겠기에 몸을 굴하여 빌며 말했다.

"소생이 눈이 있으나 망울이 없어 선생을 몰라본 죄 만사무석이오나, 고당(高堂)에 노모 계시되, 권세 잡고 감열 있는 자가 너무 백성을 못살게 굴기로 부득이 나라를 속임이요, 또 정 씨를 훼절하려 함이니, 원컨대 선생은 죄를 사하시고 전술을 가르쳐 주소서."

강림이 대답했다.

"그대 이르지 아니해도 내 벌써 아나니, 국운이 불행하여 그대 같은 요술이 세상에 작란하니 소당은 그대를 죽여 후폐를 없이 하겠으나, 그대의 노모를 위하여 특별히 일명을 살리노라. 이제 정 씨를 데려다가 빨리 제 집에 두고, 병든 양가에게는 정 씨 대신으로 할 사람이 있으니, 이는 조실부모 혈혈무의(홀몸으로 의지할 곳이 없음)하나 마음이 어질고 성품이 유순할뿐더러 또한 성이 정 씨요, 연기 이십삼 세라. 만일 내 말을 어기면 그대의 몸이 큰 화를 면치 못하리라."

우치가 사례하여 말했다.

"선생의 고성대명을 알고자 하옵니다."

기인이 대답했다.

"나는 강림도령이라. 세상을 희롱코자 하여 거리로 빌어먹고 다니노라."

우치가 말했다.

"선생의 가르치심을 삼가 봉행하리이다."

강림이 요술 내던 법을 풀어 주니, 우치 백배사례하고 정 씨를 구름에 싸 가지고 본집에 가 공중에서 그의 모친을 불러 말했다.

"아까 옥경에 올라가니, 옥제 가로되, '정 선랑의 죄 아직 남았으니 도로 인간에 내보내어 여액을 다 겪은 후 데려오라.' 하셔서 도로 데려왔노라."

그러고는 소매에서 향온을 내어 정 씨의 입에다 넣으니, 이윽고 깨어 정신을 차렸다.

모친이 정 씨에게 선관이 하던 말을 이르자, 신기하게 여겼다. 이때 우치는 강림도령에게 돌아와서 그 여자 있는 곳을 물었다.

강림이 낭중으로 환형단을 내주며 그 집을 가리켰다. 우치가 강림을 하직하고 정 씨를 찾아가니 그 집은 일간초옥으로, 풍우를 가리지 못했다.

이에 들어가 보니 한 여자가 시름을 띠고 홀로 앉아 있었다.

우치 나아가 달래며 말했다.

"낭자의 고단하신 말씀은 내 이미 알았거니와, 이제 청춘이 삼칠을 지낸 지 오래되 취혼치 못하고 외로운 형상이 가긍한지라. 내 낭자를 위하여 중매하리라."

그러고는 환형단을 먹인 후 진언을 염하니, 정 과부의 모양과 일호차착 없이 되는지라.

우치가 말했다.

"양생이란 사람이 있는데 인물이 매우 아름답고 가산도 부유하나, 정 과부의 재색을 사모하여 병이 들었으니, 낭자 한 번 가서 이리이리하라."

그리고 즉시 보를 씌워 구름을 타고 양생의 집에 이르렀다.

우치가 거짓 정 씨를 외당에 두고 내당에 들어가 양생을 보니, 생이 물었다.

"정 씨의 일이 어찌 되었는고?"

우치가 말했다.

"정 씨의 행실이 빙설 같기로 일언을 못 하고 왔노라."

생이 말했다.

"이제는 속절없이 죽을 따름이로다."

그러고는 탄식함을 마지아니하니, 우치 갖가지로 조롱하며 말했다.

"내 가서 정 씨보다 백 배 나은 여자를 데려왔으니 보라."

그러자 양생이 말했다.

"내 미인을 많이 보았으되 정 씨 같은 상은 없나니, 형은 농담 말라."

우치가 말했다.

"내 어찌 희롱하리요. 지금 외당에 있으니 보라."

양생이 겨우 몸을 일으켜 외당에 나와 보니 적절한 정 씨거늘 반가움을 측량치 못했다.

우치가 말했다.

"내 진심갈력하여 낭자를 데려왔으니 가사를 선치하고 잘살라."

양생이 백배사례하자, 우치는 양생과 이별하고 돌아갔다.

　　　　　　　　＊

 선시에 야계산 중에 한 도사가 있었다. 도학이 높고 마음이 청정하여 세상 명리를 구치 아니하고, 다만 박전(薄田) 다섯 이랑과 화원 십간으로 세월을 보내니 이곳이 지상선이라.

 성호는 서화담이니, 나이 오십오 세에 얼굴이 연화 같고 양안은 추수 같고 정색은 돌올(突兀)했다.

 우치가 서화담의 도학이 높음을 알고 찾아가니 화담이 맞이하며 말했다.

 "내 한 번 찾고자 했더니 누사에 왕림하시니 만행이로다."

 우치 일러 칭사하고 한담을 나누고 있는데, 문득 보니 일위 선생이 들어와 말했다.

 "좌상에 존객이 뉘시오?"

 화담이 대답했다.

 "전공(田公)이라."

 그러고는 우치에게 말했다.

 "이는 내 아우 용담이로다."

 우치가 용담을 보니 이목이 청수하고 골격이 비상했다.

 용담이 우치에게 말했다.

 "선생의 높은 술법을 들은 지 오래더니, 오늘날 만나 보니 행이어니와 청컨대 술법을 한 번 구경코자 하노니 아끼지 마라."

이렇듯 구구히 간청하거늘, 우치는 한 번 시험코자 진언을 염했다. 그러자 용담이 쓴 관이 변하여 쇠머리가 되었다.

이에 용담이 노하자 또 진언을 염하니 용담의 관이 변하여 백룡이 되어 공중에 올라 안개를 피웠다.

이에 용담이 진언을 염하니 우치의 관이 변하여 청룡이 되어, 구름을 헤치고 안개를 발하여 쌍룡이 서로 싸워 청룡이 백룡을 이기지 못하고 동남으로 달아났다.

화담이 비로소 웃으며 말했다.

"전공이 내 집에 오셨다가 이렇듯 하니 네 어찌 무례치 않으리요."

그러고는 책상에 얹힌 연적을 한 번 공중에 던지니 연적이 변하여 일도금광이 되어 하늘에 퍼지니, 양룡이 문득 본래의 관이 되어 땅에 떨어지는지라.

양인이 각각 거두어 쓴 다음, 우치가 화담을 향해 사례하고 인하여 구름을 타고 돌아왔다.

화담이 우치를 보낸 다음 용담을 꾸짖어 말했다.

"너는 청룡을 내고 저는 백룡을 내니 청은 목이요, 백은 금이니, 오행에 금극목이라. 목이 어찌 금을 이기리요. 또 내 집에 온 손을 부질없이 해코자 하느뇨?"

용담이 다만 칭사하고 거짓 노한 것일 뿐 우치를 미워하는 뜻이 없었다.

우치는 집에 돌아온 지 삼 일 만에 또 화담을 찾아갔다.

화담이 우치에게 물었다.

"그대에게 청할 말이 있으니 쫓을쏘냐?"

우치가 말했다.

"듣기를 원하나이다."

화담이 다시 말했다.

"남해 중에 큰 산이 있으니 이름은 화산이요, 그 산중에 도인이 있는데 도호는 운수 선생이라. 내 젊어서 글을 배웠는데, 그 선생이 여러 번 서신으로 물었으나 회서를 못하였다. 전공을 마침 만났으니 그대가 한 번 다녀옴이 어떠한가?"

우치가 허락하자, 화담이 말했다.

"화산은 해중에 있는 산이라, 수이 다녀오지 못할까 하노라."

"소생 비록 재주 없사오나 순식간에 다녀오리다."

화담이 우치의 말을 믿지 않자, 우치 미심에 업수이 여기는가 하여 화를 내며 말했다.

"생이 만일 못 다녀오면 이곳에서 죽고 살아나지 않으리라."

"연즉 가려니와 행여 실수할까 하노라."

화담이 이렇게 말하며 즉시 글을 닦아 주거늘, 우치가 즉시 받아 가지고 해동청 보라매가 되어 공중에 솟아올라 화산으로 갔다.

해중에 이르러서 난데없는 그물이 앞을 가려, 우치가 높이 떠 넘고자 하니 그물이 하늘에 닿았다.

아래로 해중을 연하여 좌우로 하늘이 펴 있으니 갈 길이 없어, 십여 일을 애쓰다가 할 수 없어 돌아와 화담을 보고 웃으며 말했다.

"화산을 거의 다 가서 그물이 하늘에 연하여 갈 길이 없삽기로 모기 되어 그물 틈으로 나가려 했으나, 거미줄이 첩첩하여 나가지 못하고 왔나이다."

화담도 웃으며 말했다.

"그리 큰소리 치고 가더니 다녀오지 못하였으니, 이제 산문을 나가지 못하리로다."

우치가 황겁하여 닫고자 했지만, 화담이 벌써 알고 속이려 하는지라, 우치가 착급하여 해동청이 되어 달아났다.

그러자 화담이 수리 되어 따랐고, 우치 또한 변하여 갈범이 되어 내달렸다. 그러자 화담이 변하여 청사자가 되어 갈범을 물어 앞지르며 말했다.

"네 여러 가지 술법을 가지고 반드시 옳은 일을 위하여 행하니 기특하나, 사특함은 마침내 정대함이 아니요, 재주는 반드시 웃길이 있나니, 이로써 오래 세상에 다니면 필경 파칙한 화를 입을 것이니라. 하여 일찍 광명한 세상에 돌아와 정대한 도리를 강구함이 옳지 아니하뇨? 내 이제 태백산에 대종신리를 밝히려 하니 그대 또한 나를 좇음이 좋을까 하노라."

이에 우치가 말했다.

"가르치시는 대로 하리이다."

각각 집에 돌아와서 약간 가사를 분별한 후, 우치는 화담을 모시고 태백산 배달 밑에 정사를 얽고 임검으로부터 오는 큰 이치를 강구하여 보배로운 글을 많이 지어 석실(石室)에 감추니, 그 후 일은 세상 사람들이 알지 못하나, 일찍 강원도에 사는 양봉래라는 사람이 단군 성적을 뵈오려 하여 태백산에 들어갔다가 화담과 우치 두 분을 보고 돌아올 새 두 분이 이렇게 일렀다 한다.

"우리는 이리이리하여 이곳에 들어와 있거니와, 그대를 보니 잠시 언행이 유심한산한 줄 알지라. 내 전할 것이 있노니 삼가 받들라."

그러면서 비서(秘書) 몇 권을 주니, 봉래가 받아 가지고 나와 정성으로 공부하여 그 오묘한 뜻을 통하고, 가만한 가운데 도통(道統)을 전하니, 한두 가지 드러나는 일이 있으나, 세상이 다만 신선의 도로 알고, 봉래 또한 밝은 빛이 드러날 때를 기다릴 뿐

이요, 화담과 우치 두 분이 태백산 중에서 도 닦으시는 일만 세상에 전하였다.

김원전

*

 대명 성화(명나라 헌종의 연호. 서기 1465~1487년) 연간 운남 서촉 땅에 한 명인이 있으되, 성은 김이요, 이름은 규이고, 자는 윤수였다. 대대로 이어 내려온 공후 거족으로 벼슬이 좌승상에 이르니, 그 명망이 일국에 으뜸이었다. 세상에 아니 가진 것이 없었으나, 다만 슬하에 일개 골육이 없으니 매일 슬퍼하며 금은 채단을 많이 흩어 명산대찰과 일월성신께 밤낮으로 축원했다.

 이때 삼월 망간이었는데, 승상은 부인 유 씨와 함께 망월루에 올라 사방을 구경했다. 그러다 홀연히 술에 반취한 승상이 크게 탄식하며 말했다.

 "내 나이 사십에 벼슬이 승상이요, 부귀 극진하되 슬하에 일

점혈육이 없으니, 우리 죽으면 조선향화(조상에게 제사 지내는 일. 향화는 제사의 이칭)를 뉘께 전하리요."

그러고서 몹시 슬퍼하니, 부인이 사죄하는 마음으로 말했다.

"첩의 죄악이 지중하와 승상의 처렴하심이 깊사오니 죄사무석이로소이다."

승상을 위로하고 내당으로 돌아올 때 일락서산하고 월출동령하니, 부인이 침소에 잠을 이루지 못하고 탄식을 했다. 그러다가 홀연 침석에 의지하여 잠깐 졸다가 꿈을 꾸었는데, 공중에서 선녀가 일개 옥동자를 데리고 내려와 부인께 절하며 말했다.

"첩 등은 영소보전 시녀입니다. 항아의 명을 받자와 선동을 부인께 의탁하고자 왔사오니 귀히 길러 후사를 전하소서."

그러고는 동자를 부인께 안기고 홀연히 사라졌다.

부인이 선녀를 보내고 동자를 보니, 동자가 아니라 큰 말이 치마에 담겨 있어 깜짝 놀라며 깨어났다.

부인이 승상에게 꿈 이야기를 하니, 승상이 크게 기뻐하여 말했다.

"창천이 감동하여, 우리의 무후함을 불쌍히 여기사 재자를 점지하시도다."

과연 그 달에 잉태하여 십 삭이 찼다. 생남하기를 밤낮으로 바라면서 집 안을 정결히 하고 아이가 태어나기를 기다렸는데,

이때가 갑자 춘정월 갑자일이었다.

갑자기 오색채운이 집안을 두르더니 기이한 향내가 진동했다. 그러고는 선녀 한 쌍이 공중에서 내려와 부인 곁에 앉으며 말했다.

"부인은 잠깐 기운을 진정하소서."

그러고는 향탕을 대령하라 했고, 자시에 부인이 혼연한 중에 해산을 했다.

선녀 두 사람이 말했다.

"이 아기 모양이 이러하오나 하늘이 정하신 일이니, 조금도 다른 염려는 마시고 귀히 길러 천정을 어기지 마소서. 시각이 늦어서 정회를 다 못 펴고 가오니 몸을 허소히 마소서."

부인이 선녀를 보내고 돌아보니 아이는 없고 허무맹랑한 것이 놓여 있는 것이 아닌가. 모양이 둥글고, 겉은 검고 속은 빛이 얼룽얼룽했으며, 눈도 코도 없는 것이 마치 수박 모양 같았다.

부인은 어이없고 놀라서 시비를 시켜 승상을 불러오게 했다.

승상이 부인이 해산함을 듣고 희색이 만면하여 들어와 부인을 위로했다. 그러고는 아이를 살펴보니, 아이는 없고 괴이한 것이 곁에 놓여 있는 것이었다. 크게 놀란 승상은 한동안 말을 못 하다가 부인에게 물었다.

"해복한 아이는 어디 있소?"

부인이 총망중 무섭고 무색하여 대답을 하지 못하자, 승상이 어이없어하며 탄식했다.

"고금에 문견치 못한 이런 변이 또 어디 있으리요."

이러구러 칠 일이 지나매 노복과 이웃 사람들이 승상댁 해복함을 축하했는데, 차차 소문이 돌자 노복과 사람들이 그저 놀라워할 따름이었다.

그중 늙은 사람이 말했다.

"옛적에도 이런 일이 있었다 하오. 그 속으로부터 대망이 나와 사람을 무수히 살해하고 장난이 비경하여 나라에서 발군하여 겨우 잡아 죽인 다음, 그것 낳은 사람을 흉악한 죄인이라 하여 천지를 보지 못하는 데에 가두었다가 굶겨 죽였다 하오. 그러나 김 승상 댁에 이런 변이 일어났으니, 참으로 세상일을 알 수가 없구려. 승상께서는 나라에 충성하고 백성을 편케 돌보셨으며 부인 또한 인후함이 크신데, 그 심덕을 입지 못하니 참으로 기막힌 일이오."

그러자 모든 사람이 고개를 끄덕거리며 슬퍼했다.

이런 말이 자주 들리니, 승상과 부인은 심하게 민망하여 잠을 제대로 자지도 못하고 식음을 전폐하다시피 했다.

하루는 승상이 마음을 다스리고 내당에 들어가 부인을 위로하며 말했다.

"우리가 남에게 적악한 일 하지 않았으니, 이 모두가 하늘의 뜻인 듯하오. 아무리 생각하여도 저것이 우리 골육이니, 남들은 다 흉물이라 해도 우리는 잘 거둡시다. 해복 시 선녀가 한 말도 있지 않소. 무심해도 되는 일이라면 선녀가 어찌 와서 해복까지 시켰겠소. 필경 무슨 곡절이 있는 듯하니, 아무리 흉측해도 집에 두고 봅시다."

이때 저녁상이 들어와 승상 부부가 먹으니, 그것이 먹는 소리를 듣고 이불 속으로부터 데굴데굴 굴러 나와 승상 곁에 놓이는 것이었다.

승상이 크게 놀라 바라보다가 말했다.

"이것이 눈이 없건마는, 밥 먹는 소리를 듣고 나와 옆에 놓이는 것을 보니, 이는 필연 밥을 먹고자 함일 것이다. 아무튼 밥을 주어 보라."

부인도 이상히 여기며 밥을 가져다가 곁에 놓으니, 그것의 한편 옆이 들먹들먹하더니 마치 주걱 모양 같은 부리를 내밀어 밥을 완연히 먹는 것이었다.

승상이 괴이하게 여기면서 부인을 돌아보며 말했다.

"이것이 입이 없는가 하였는데 밥을 먹는구려. 이것이 사람일 양이면 난 지 십여 일 만에 밥 한 그릇을 다 먹은 것이 아니요. 아무튼 밥을 주어 봅시다."

부인이 웃으면서 밥을 또 가져다 놓으니, 괴이하게도 주는 대로 밥을 먹었다.

승상과 부인은 더욱 이상하게 생각했다.

그것은 밥을 먹는 대로 점점 자라 큰 동이만 해졌다. 그러자 승상이 부인에게 말했다.

"이후는 밥을 끊지 말고 조석으로 먹여라. 그리고 매양 '이것저것'이라 하지 말고 이름을 지어 원이라 불러라."

밥을 잘 먹으면서 점점 자라 큰 방 안에 가득하니, 더욱 흉하고 괴이함을 측량치 못할 지경이 되자 승상이 말했다.

"원이 더 자라면 방을 뜯을까 싶으니 넓은 방으로 옮기자."

그러고는 노복에게 명했다.

"이것을 여럿이 달려들어 후원 월영각으로 옮겨라."

그 후 월영각에 두고 조석을 공급하자 얼마 가지 않아 한 섬 밥을 능히 먹어 치웠으며, 원이 점점 자라 방이 터지고 말았다.

승상 부부와 비복들은 그 연고를 알지 못하여 답답한 마음으로 밤낮을 보냈는데, 세월이 물같이 흘러 어느덧 10여 년이 지났다.

이때 순무년 7월 망간인데, 마침 황상 탄일이었다. 천하태평하고 백성이 부유하여 곳곳에서 격양가를 부르니, 천자께서 열후종실과 만조백관은 통명전에 모으시고 육궁 비빈과 참천 궁녀와 만조대신 부인네는 내전으로 불러 크게 잔치를 베푸셨다. 하루 종일 마시고 노래하며 춤을 추면서 남녀노소를 가리지 않고 즐겁게 보냈다.

그러나 승상 부부는 집 걱정이 되어서인지 얼굴에 수심이 가득했다.

해가 서산에 지자, 잔치를 끝내고 모두들 귀가하니 승상 부부도 그제야 시비를 거느리고 집으로 돌아왔다.

이때 원의 나이 십 세였는데, 그가 속으로 생각했다.

'내 무슨 죄악으로 십 세가 되도록 허물을 벗지 못하고, 어느 시절에 세상을 구경하리요.'

그가 홀로 탄식하고 있을 때 방문이 절로 열리더니 홍포 입은 선관이 들어와 옥채로 원을 세 번 차며 말했다.

"남두성아! 네 죄악이 다 소진하여 옥제를 보내셨고, 지금 네가 쓰고 있는 보를 벗기고 오라 하셨느니라. 이 보를 가져가고 싶으나, 네 부모가 이런 줄을 자세히 모를 것이므로 여기에 두고 가느니라. 이 보를 두었다가 이 말씀을 고하도록 해라. 이후 육십 년 후면 자연 도사 만나리라. 할 말이 무궁하나, 천의를 구설치 못하나니 백 세 무양하라."

그러고는 홀연히 사라졌다.

원이 보를 벗고 주변을 살펴보니, 방 안에는 아무것도 없고 다만 천서 세 권이 놓여 있었다. 그것을 자세히 보니 청천에 올라 사해를 굽어보는 듯 모든 것이 환히 보여서 모를 일이 전혀 없었다. 보 속에 있을 때와 어찌 비교하겠는가.

원은 만심환희하며 생각했다.

'십 년이나 흉악한 형상을 보여 드렸으니 세상에 없는 불효로다. 무슨 행실로 부모의 은혜를 만분의 일이나 갚을까……. 지금 궐에 들어가서 잔치를 하고 계시니 노복을 불러 먼저 알게 해야겠다.'

그리하여 원이 시비를 불렀는데, 시비 등이 사람의 소리가 나는 것을 듣고서 서로 돌아보면서도 아무도 대답하지 않았다. 그러나 계속 불러 대니까 노복 여남은 명이 할 수 없이 원이 있는 곳으로 왔다. 그런데 놀랍게도 의젓한 소년이 앉아 있는 것이 아닌가.

그 소년이 이렇게 말했다.

"야야(중국말의 아버지) 집에 돌아와 계시냐?"

시비 등이 막지기고(일의 까닭을 알지 못함)하여 아무 말도 하지 못하고 있는데, 이때 승상이 부인과 같이 집에 돌아왔다.

마음이 공허하고 걱정이 가슴에 가득해서 집안사람들을 찾으니, 시비 중 하나가 먼저 달려와서 고했다.

"월영각에 난데없는 선동이 나타나 노복 등을 부르시나, 차마 혼자 가지 못하여 모두들 모여서 갔사옵니다. 그런데 방 안에 가득한 것은 없고, 한 소년 선동이 앉아서 야야 환택(남이 귀가함을 높이어 일컫는 말)하여 계시느냐고 묻사옵니다. 그 연고를 아직 모르옵나이다."

승상이 이 말을 듣고 이상한 마음이 들어 그 시비를 데리고 월영각으로 갔다. 그랬더니 과연 한 소년이 있었고, 그 소년이 승상을 보더니 계단 아래로 내려와 엎드리며 말했다.

"소자가 바로 십 년 동안 부모님을 걱정시키던 불효자 원이로소이다."

승상이 그 형상을 보고 급히 부인을 불러오라 했다. 그러고는 소년을 불러 청상에 앉히고 물었다.

"이 일이 매우 괴이하니 진위를 자세히 이르라."

그러자 소년이 아뢰었다.

"오늘 묘시에 홍포 입은 선관이 내려와 이르되, 남두성이 상제께 득죄하여 십 년 동안 허물을 쓰고 세상을 보지 못하게 되었는데, 이제 죄가 다 진하였다 하면서 허물을 벗겨 방 안에 두면서 이렇게 일렀사옵니다. 이 허물을 가져갈 것이로되 네 부모께 보여 적실한 자취를 알게 하라 하기에 소자가 보를 벗고 보니 선관은 간 곳 없고, 허물과 함께 책 세 권이 놓여 있었사옵니다. 소자, 십 년 불효를 어찌 다 아뢰리이까."

승상이 자세히 살펴보니 과연 허물과 함께 천서 세 권이 분명히 놓여 있었다.

크게 놀라면서도 기뻐하며 소년의 손을 잡고 말했다.

"네가 십 년을 보 속에 들었으니 무슨 지음할 일이 있지 않겠느냐. 자세히 일러 우리 의혹을 덜게 하라."

원이 거듭 절을 하며 말했다.

"소자가 보 속에서 십 년 동안 고행하느라 아무것도 몰랐사오니 황공하옵니다."

승상 부부가 그제야 원을 안고 등을 어루만지며 말했다.

"네 어이하여 십 년 동안 그렇게 고생을 하였는가?"

원이 이상한 물건에서 사람으로 돌아온 것을 알고, 모든 사람들이 기뻐하며 기꺼워하였다.

세월이 흘러 원의 나이가 십오 세가 되었다. 영민명오(영특하고 민첩하여 사물에 대하여 밝게 인식함)하여 한 말을 들으면 백 말을 통하여 제자백가를 능가했으며 풍채까지 출중했다. 또한 만부부당지용(많은 사람으로도 당해 내지 못하는 용기)을 겸하였고, 활쏘기와 말달리기와 창 쓰기를 좋아하여 천지조화와 제세안민(세상을 구제하고 백성을 편안하게 함)할 재주를 두었으니, 만고의 영웅이요 한 시대를 풍미할 당당한 남아로 자라났다.

승상이 처음에 걱정으로 지내던 일과 지금의 영화를 생각하

니 꿈만 같이 여겨졌다. 그러나 원이 너무 숙성함을 염려하여 날마다 경계하여 일렀다.

"우리는 늦게야 너를 얻어 장중보옥같이 여기니, 부디 몸을 조심하여 부모의 염려를 없게 하라."

하루는 원이 꿇어 앉아 승상께 아뢰었다.

"남자 세상에 나매 어려서는 글을 배우고, 자라서는 무예를 익히어 태평하온 시절에는 백성을 어질게 다스리고, 난세를 당하면 칼을 잡고 천리용총을 타고 천병만마 중에 나아가 흉적을 소멸하고 도탄에 든 백성을 건져 내고, 임금의 위태함을 도와 어지러운 천하를 평정하는 것이 장부의 쾌한 일이라 생각하옵니다. 그런데 어찌 서책만 대하여 세월을 무심히 보내리이까."

승상이 이 말을 들으니 마음에 흡족하여 더 이상 이를 말이 없었다.

이후로 원은 천서를 읽고 생각에 잠기었는데 천지조화의 기묘함이 세상에 없는 듯했고, 세 권의 책을 다 읽으니 만고에 모를 것이 없었다.

하루는 심사가 울울하여 창검궁시를 가지고 중천 천마산에 올라갔다. 그 산 주위는 백여 리요, 높기가 하늘에 다다른 듯했다. 수목이 참천(공중으로 높이 솟아서 늘어섬)하여 이름 모르는 짐승이 무수하고 모진 귀신이 많은 곳이었다.

원은 매일 심심한 때면 그 산에 들어가 활쏘기와 창 쓰기며 진법과 검술을 익혔다.

하루는 산중에 대풍이 진작하며 비사주석(세차게 부는 바람에 모래가 날리고 돌멩이가 굴러 달음질함)하고 천 길이나 한 나무가 무수히 부러지며 그 소리가 벽력같았다. 원이 크게 놀라 창검을 들고 큰 나무를 의지하여 서 있으니, 이윽고 한 흉악한 짐승이 내려왔다. 자세히 보니 그 키가 열 장이나 하고 몸이 큰 집채만 했으며, 머리가 아홉이요, 오색 빛이 영롱했다. 그런 중에 아름다운 옷을 입은 미인 셋을 등에 업고 있었는데, 그 미인들이 눈물을 흘려 옷을 다 적시면서 애원하고 있었다.

원이 그 거동을 보고 화를 내며 크게 꾸짖었다.

"이 몹쓸 짐승아, 네 어디 가 흉악을 부려 남의 집 재녀를 도적질하여 오느냐. 내 연일 이 산에 와 놀았는데, 오늘 너를 만났으니 내 재주를 다해 너를 죽이고 아까운 사람들을 구하리라."

말을 마치자, 칼을 들어 그 짐승의 대가리를 힘껏 쳤다. 그러나 그 짐승은 조금도 요동하지 않았으며, 칼이 머리에 박히어 빠지지 않았다.

원이 크게 놀라며 창을 들고 물러서니, 그 짐승이 말했다.

"나는 산중에 있는 억만 년이나 된 아귀라 하는 짐승이라. 천궁을 임의로 출입하고 사해용왕을 임의로 부리며, 육정육갑과 신장지귀와 이십팔수를 임의로 호령하매, 옥황상제도 나를 휘지 못하고 만승천자도 나를 당치 못하니라. 내가 공주 삼 형제를 앗아오거든, 너처럼 조그만 아이가 어찌 죽을 줄 모르고 방자히 구는가? 네 칼이 내 머리에 박혔으니, 또 무슨 병기가 있거든 무수히 박아 봐라. 나중에 내 입을 벌리면 네 일신이 내 숨결에 섞이어 복중에 절로 들 것이니라. 이 당돌한 어린 것아, 나의 재주를 구경하라."

그러고는 입 하나를 벌리니 위턱이 하늘에 닿은 듯하고 아래턱은 땅에 닿은 듯했다. 또 한 입을 벌리니 천병만마가 진세를 벌이고, 또 한 입을 벌리니 시퍼런 물결이 산곡에 창일하고 또 한 입을 벌리니 호표시랑의 무리 무수히 나오고, 또 한 입을 벌리니 운무가 천지 자욱하고, 또 한 입을 벌리니 뇌정벽력이 천지진동하고, 또 한 입을 벌리니 헌화가 낭자하더니 시석이 비 오듯 했다. 그리고 마지막 입을 벌리니 대풍이 일어나며 집채 같은 바위가 날아다녔다.

원이 이 광경을 보며 마음속으로 비웃었으나 어찌할 도리가 없었다. 그리하여 몸을 날려 높은 봉에 올라 동정을 보려 했더니 그 짐승이 외쳤다.

"옥제가 부리시던 너 남두성을 인간에 적거했더니 방자히 재주를 비양하여 도리어 기어오르니, 천상에 올라가 옥제께 아뢰

고 너를 잡아 죽이리라."

그러고는 그 짐승이 어딘가로 발길을 돌렸다.

"이 종적을 보리라."

원이 마음속으로 이상히 여기며 따라가니, 수백여 리를 가서 한 곳에 다다랐다. 그곳에 사면이 삼 리쯤 될 만큼 큰 바위가 있었는데, 그 바위의 구멍으로 그 짐승이 들어갔다. 원이 그 구멍 가에 가서 들여다봤지만 도무지 뭐가 뭔지 알 수가 없었다.

이윽고 배회하다가 집으로 돌아오니 날이 저물었다. 승상이 말했다.

"오늘은 어디를 돌아다니다가 이렇게 늦게 돌아오느냐?"

원이 큰 소리로 말했다.

"연일 산에 올랐는데, 불의에 흉악한 짐승을 만났나이다. 크기와 모양을 측량할 수 없을뿐더러, 머리가 아홉이었나이다. 그리고 아홉 개의 입으로 온갖 조화를 다 부리면서 세 명의 공주를 도적질해서 가기에, 소자가 칼로 짐승의 머리를 쳤나이다. 그러나 칼이 박히고 빠지지 않았나이다. 몸을 은신하여 뒤를 따라가 보았더니, 수백여 리를 가서 바위 구멍으로 들어갔습니다. 그러고는 종적을 알 수 없어 돌아왔나이다."

승상이 크게 놀라며 말했다.

"천하 사람이 다 두려워하는 아귀라는 짐승을 본 모양이로다.

이런 변을 당했으니 어찌 마음이 편하겠느뇨. 허나 네 목숨이 돌아옴만도 천행이로다. 네가 아무리 용맹한들 그 짐승이야 어찌 당하겠느냐?"

원이 엎드려 절하며 말했다.

"아버님은 근심치 마옵소서. 소자의 재주를 잠깐 보옵소서."

그러고는 마당으로 내려서며 풍백을 부르니 갑자기 운무가 자욱해졌다. 그리고 공중에서 무수한 신병맹장이 내려왔는데 검극이 서리 같고 살기가 충천했다. 이윽고 천지 명랑하더니, 원이 공중에 올라 채운을 타고 몸을 변화시켰다. 혹 바람도 되고, 혹 구름도 되어 변화가 무궁한 것을 보고 승상이 크게 놀라며 칭찬했다.

"네 재주가 이렇듯 비범한 줄은 알지 못하였다. 그러나 차후엔 조심하거라."

그러고는 부인을 돌아보며 말했다.

"우리가 저 아이를 데리고 서울 근처에 있는 것이 마음 편한 일이 아니구려. 또한 벼슬을 원하는 것도 아니니, 벼슬을 내려놓고 고향으로 돌아가는 것이 좋겠소."

그러고는 즉시 상소하여 벼슬을 내놓고 고향으로 돌아왔다.

승상은 산수를 신칙(단단히 타일러서 경계함)하며 농사를 다스리고 집안을 돌보면서 세상에 근심걱정 없는 나날을 보냈다. 달빛 아래서 고기를 낚으면서 세월을 보내니 나라 일도 잊어졌다.

이러구러 수년이 지났다.

이 무렵에 궁에서는 천자가 조신을 모아 치민지사를 의론하며 고금치란을 문답하셨다. 그때 홀연히 천지가 아득해지더니, 음운이 사면에 자욱하면서 뇌정 같은 소리가 들렸다. 그러더니 신장이 십오 척이나 되고 머리가 아홉이요, 오색 빛이 영롱한 것이 정전으로 들어서며 외쳤다.

"나는 태행산 보신동에 있는 아홉 머리 장군의 아들이다. 들으니 황녀 셋이 있다 하니 내가 데려가 시녀를 삼을 것이다. 바로 내어주면 모르거니와 그렇지 않으면 큰 화가 미칠 것이니 어서 바쳐라. 만일 지완하면 통명전을 함몰하리라."

소리가 천지를 진동하니, 황상과 만조백관이 정신이 산란하여 어찌할 줄을 몰랐다.

그때 좌장군 서경태가 급히 갑옷을 입고 비도를 들고 나서서 크게 소리를 지르며 말했다.

"이 몹쓸 흉악한 놈아, 어찌 이런 변을 만드는가?"

이어서 서경태가 칼을 들어 아귀를 치니, 아귀는 몸을 기울여 칼을 피하고는 입을 벌리고 숨을 들이쉬었다. 그랬더니 서경태가 숨결에 날리어 아귀 입으로 들어가 버렸다.

둘의 싸움을 보고 있던 상이 크게 놀라며 말했다.

"짐이 여러 번 전장을 지냈으되 이런 일은 보지도 듣지도 못했느니라. 제신 중 누가 이 짐승을 잡아 짐의 한을 씻겠는가?"

상의 말이 끝나자, 정서 장군 한세충이 아뢰었다.

"소장이 비록 재주는 없사오나, 저것을 베어 황상께 바치겠나이다."

그러고는 황금 투구에 엄신갑을 입고 한 척 장창을 들고 청룡마를 놓아 내달리며 외쳤다.

"흉적은 목을 늘이어 내 칼을 받아라."

아귀가 이 모습을 보고 크게 웃으며 말했다.

"아까는 내가 숨을 들이쉬어 무리 같은 것을 삼켰으니, 지금은 숨을 내쉴 것이다. 어찌되는지, 네 눈으로 자세히 봐라."

말을 마친 다음 입을 벌리며 숨을 내부니 큰 바람이 일어나, 황상과 만조백관이 오 리나 날아가 버렸다.

아귀는 그 틈을 타서 공주 셋을 등에 업고 달아났다.

황상이 겨우 정신을 차려 제신들과 함께 환궁하니, 황후 낭랑과 각궁 비빈이 다 기절해 있었다. 그리고 세 공주의 모습이 보이지 않았다.

창황대경(너무 놀라 어찌할 길이 없음)하여 황상께 이 변을 아뢰니, 상이 크게 놀라 제신에게 말했다.

"이런 해연한 변이 천고에 없으니, 경들의 의견은 어떠하오?"

그러고서 용안에 눈물을 흘리니, 제신이 황망하여 감히 바라보질 못했다.

이때 우승상 이우영이 탑전에 이르러 말했다.

"전임 좌승상 김규는 제신 중 지모가 넉넉하오니, 패초하사 문의하심이 마땅하올까 하나이다."

상이 그 말을 듣고 크게 깨달아, 조서를 내리어 김규를 패초하였다.

승상이 집안을 다스리며 원과 함께 태평한 날을 지내고 있을 때, 뜻밖에도 사관이 조서를 가지고 달려왔다.

승상이 향촉을 배설하고 조서를 받고 펴 보니, 내용이 다음과 같았다.

'전임 좌승상에게 부치나니, 그 사이 집안은 무고한가?

짐은 공주를 잃고 그 종적을 모르니, 이 통애함을 어찌 측량하리요.

경은 다시 올라와 고명한 소성으로 짐의 아득함을 깨닫게 하라.'

승상이 견파에 사관을 후대하고 국변을 물으니, 아귀가 나타나 장난하던 일과 공주 셋을 잃은 일을 고했다.

승상이 못내 슬퍼하며 사관을 보내고 내당에 들어와 조서 사연을 부인께 전하고 행장을 차리고, 장차 무사히 돌아오겠다고 이르고 길을 떠났다.

경성에 다다라 사은숙배하니, 상이 인견하며 말했다.

"경이 고향에 돌아감은 짐이 불명한 탓이로다. 주변이 불행하여 공주 셋을 일시에 잃었으니 짐의 이 원을 어찌하리요. 경의 소견으로 이 일을 도모하면 평생의 원이 풀리로다."

승상이 엎드려 아뢰었다.

"소신의 자식이 있사온데, 창법 검술이며 사자 치빙(말을 타고 달림)이 일세에 무쌍하와 매일 종적 없이 다니기에 그 연유를 물었더니 천마산에 가서 무예를 익혔다고 하옵니다. 하루는 그 산에서 아귀라 하는 짐승을 보았노라 하기에 믿지 않았는데, 이제와 돌이켜 생각하니 과연 허언이 아닌 듯하옵니다. 상께서 자식을 인견하셔서 하문하심이 마땅할까 하나이다."

상이 자초지종을 듣고 나서 하문하셨다.

"원이 성취를 하였느냐?"

승상이 큰 소리로 아뢰었다.

"아직 성관치 못하였사옵고, 아직 미천하여 득달치 못하였사옵나이다."

상이 말했다.

"황성에 올라오는 날 즉시 성관하여 입직하라."

승상이 고향집으로 돌아오니, 원이 부인과 노복을 거느리고 황성에서 무사히 돌아온 승상을 반기면서 기뻐했다.

승상은 자초지종을 말하고 원의 성관을 서둘렀으며, 성관할 때 인리친척을 다 불러 잔치를 베풀었다.

그러고는 원을 데리고 황성으로 올라가 사은하자, 상께서 보시고 놀라시며 기뻐했다.

신장이 구 척이요, 곰의 등에 이리 허리요, 잔나비 팔이라. 용모가 헌앙하고 심중에 천지조화를 품었으니 짐짓 영웅호걸이 아닌가!

상이 한 번 보시고 정신이 황홀해져 승상에게 말했다.

"경이 저런 영자를 두었으니, 경의 덕이요 짐의 복이로다."

그러고는 원의 손을 잡고 물으셨다.

"네가 아귀를 보았다고 하니 자초지종을 자세히 고하라."

원이 아뢰었다.

"신이 천마산에 가 무예를 연습하였는데, 하루는 대풍이 일어나는 중 여차여차한 짐승이 여자 삼 인을 등에 업고 가는 것을 보았사옵니다. 황망하여 칼로 쳤으나 어찌할 수 없사와 피신하여 보오니, 아홉 개의 입으로 온갖 조화를 부리다가 서쪽으로 향했사옵니다. 따라가서 살폈더니 넓은 바위가 있었고 그 가운데 팔구 간이나 한 구멍이 있었사옵니다. 그 짐승이 그리로 들어갔으나 그 심천을 알지 못한 채 집으로 돌아왔사옵니다. 그런데 나라에 이런 변고가 있을 줄 어찌 알았겠사옵니까."

이 이야기를 듣고 상이 격분하여 큰 소리로 말했다.

"장하다 차언이여! 짐이 입직 장졸 오천여 인으로도 당치 못하여 장수 하나를 죽이고 만조 제신을 죽일 뻔하였는데, 너는 단독일신으로 물리쳤으니 고금에 없는 장수로다. 너를 두었으니 어찌 천하사를 걱정하며 공주 찾기를 근심하겠는가. 네 힘을 다하여 공주를 찾아 천륜을 온전케 하라."

원이 엎드려 아뢰었다.

"신이 비록 재주 없사오나 지혈에 들어가 아귀를 죽이고, 세 분의 공주를 온전히 모셔오겠사옵니다."

상이 크게 기뻐하며 만조백관을 통명전에 모으더니, 원을 천하 병마 도원수로 명하셨다.

승상 부자가 과분하다 하여 사양했으나, 상이 허락지 않으시고 장군 강문추를 부원수로 삼으라고 하시며 명을 내리셨다.

"군사 오만을 거느려 도원수의 지휘를 어기지 말라."

이튿날 도원수가 장대에 높이 앉아 하령했다.

"제장군졸 가운데 만일 영을 태만히 하는 자가 있으면 즉시 베리라."

제장군졸 중 도원수의 영을 듣고 두려워하지 않는 자가 없었다. 즉일 행군 출사할 제, 천자께서 시신을 거느려 전송하시며 성공하여 무사히 돌아올 것을 당부하시며 행진을 살펴보셨다. 방포일성(군중의 호령으로 총을 놓아 소리를 냄)에 대대로 인마가 제제히 풀어 나가니 검극이 일색을 가리고 정거표일(모든 것을 마음에 두지 않고 마음 내키는 대로 행동함)한지라, 상이 칭찬하여 마지않았다.

"도원수의 행군을 보니 옛날 초패왕이라도 미치지 못하리로다."

도원수는 행군한 지 이십여 일 만에 천마산에 이르자. 지혈을 에워싸고 결진한 다음 강문추를 불러 하령했다.

"우양을 많이 잡아, 제물을 정히 장만하고 제문을 지어 제를 거행할지어다."

그러고는 제문을 읽었다.

'모년 모월 모일에 대명 대사마 대장군 병마 도원수 김원은 백배 돈수하고 천지 신령과 명산대천과 후토 부인께 아뢰나이다. 국운이 불행하와 세 공주를 아귀라 하는 짐승에게 잃고서 현재 주야 침식이 불안하고, 상께서 나로 하여금 아귀를 잡아 천하에 부끄러움을 설하고 천륜을 온전케 하라 하시고 전전불매(누워서 이리저리 뒤척거리며 잠을 못 이룸)하시니 살펴 주소서. 이 산이 명국 땅이요, 지어신령도 명국 신령일 진대 국운을 위하여 어찌 돕지 아니하리요. 복원 신령 후토는 크게 도와 성공케 하시고, 인명이 상치 말게 하소서. 상향.'

읽기를 다한 도원수는 제를 파한 후 장정군 오백을 동원하여 칼로 칡을 베서 큰 둥우리를 만들고, 네 귀에 줄을 달아 놓았다. 그리고 대연을 배설하여 제장군졸과 종일 잔치를 벌인 다음 부원수 강문추를 불러 당부했다.

"내가 구멍에 들어간 후에는, 장졸이 그대 장중에 있는 것이니, 그대 친히 구멍 가에 서고, 줄을 차차 내려라. 그때 만일 들어가다가 무슨 연고가 생기면 방울 소리로 통할 것이니 급급히 올리라. 만일 내 영을 어기는 자가 있으면 반드시 참형시키리라. 만일 영대로 하지 않으면 일이 그릇될 것이니, 방울 소리 들리거든 차차 드리우고 줄방울이 소리를 다 하거든 급히 낚아 올려라. 잊지 않도록 해라."

도원수는 이렇게 당부하고 땅 구멍을 향하여 수일을 들어가 한 곳에 다다랐다. 천지 명랑하고 일월이 조요하되, 남쪽 구석으로 돌문이 잠긴 채 있었고 문 위에 현판이 붙어 있었다.

대명 대사마 도원수 김원이 이 문을 열려고 했다. 하지만 돌문은 열리지 않았고, 그곳에 놓인 석함 위에 황금 대모로 '대명국 김원이 개탁하라.'고 씌어 있었다.

도원수가 기뻐하며 석함을 열어 보니, 자금일월 용봉투구와 황사자 보신갑과 오 척 보검과 천서 세 권이 들어 있었다.

첫 권은 상통천문하고 하찰지리하는지라. 보는 족족 시험하여 한 가지 어긴 바 없고, 둘째 권은 천하 인명지로 자소를 지척의 사람 외듯이 자세히 기록되어 있었다. 셋째 권은 적진을 멀리 바라보면 적진 동정을 낱낱이 탐지하여 고한 듯이 적장 지수한과 기치병기와 군향 다소를 알고, 남의 모략을 익히 보던 듯이 알게 기록되어 있었다. 그 책 세 권을 안상에 펴 놓고 앉으면 적장의 모략이 훤히 보이고, 적진 군사의 무리가 천병만마라도 개미같이 보였다.

또한 그 책 가운데 부채 하나가 끼어 있었는데, 그 부채를 들고 있으면 아무리 큰 산이라도 형용이 큰 손바닥에 지나지 못하고 무게는 백지 삼절에 지나지 못하는 신통력을 발휘했다. 그것의 이름은 홍미선이었다. 그리고 산호채를 흔들면 서초패왕이라도 동한 듯이 땅에 붙어 떨어지지 아니하고, 미선으로는 태산을 부치면 티끌같이 날리게 했다. 또 부채를 들어 사방을 내리치면 운무가 자욱해지고, 사해용왕과 오방신장이 무수히 내려와 청령했다. 전장을 당하면 부채를 왼손에 쥐고 에둘러 후려치면 두 동자가 일시에 나타났다.

도원수가 그 신통함을 십분 숙지한 후 두 동자에게 말했다.

"나는 대명국 대사마 도원수 김원이니라. 황명을 받자와 이곳에 들어와 아귀를 잡아 죽이고 세 분의 공주를 모셔가려 한다. 그러나 지혈이 험하여 동서를 불문하니 심중에 괴이함이 적지 않다. 다행히 선동을 만나 일월 같은 보배를 얻으니, 족히 근심을 잊었노라. 선동이 이 두 가지를 내게 허하면 모진 아귀를 잡고 공주를 편히 모셔 불행을 면할 것이요, 만일 허락하지 않으면 큰 일이 그릇될 것이니 십분 생각하라."

두 동자가 머리를 조아리며 말했다.

"소동 등이 이 보배를 가지고 선생을 기다린 지 오래이오니, 복원 선생은 소동 등을 풀어 주소서."

도원수가 두 동자의 말을 듣고 나서 크게 기뻐하며 오른손에 부채를 들어 에둘러 후려치니 두 동자가 즉시 떨어져 나와 엎드려 말했다.

"선생은 중지에 평안히 다녀가소서. 후일 다시 보사이다."

그들은 말을 마치자 두어 걸음 나가더니 홀연히 사라졌다.

도원수가 그들을 선계의 동자인 줄 알고 공중을 향해 무수히 사례한 다음 갑주와 여러 가지 보배를 가지고 사면을 바라보았다. 그러던 중에 깨달음이 찾아와 천서를 열어 보니 기서에 이렇게 적혀 있었다.

'심신이 삭막한 때 이 글을 보면 심사가 헌출하고 변신하기를 임의로 하리니 갈충보국하라.'

그 책을 다 읽으니 세상에 모를 것이 없고, 온갖 일이 몽사대로 이루어지지 않을 것이 없을 듯했다.

책을 덮고 한편을 보니 큰 산이 있었다. 수목이 참천하고 백화가 만발한데 난봉공작과 앵무두견이 장장이 왕래하며 수작을 반기는 듯도 하고 수심을 돕는 듯도 했다.

혼자서 마음속으로 생각했다.

'저 안이 경개절승한가 싶은 듯하니 깊이 들어가면서 구경도 하고 아귀의 종적을 살피리라.'

도원수가 전전하면서 천천히 들어가니 구명 서편에 사람 왕래한 자취가 있었다. 반가이 여겨 점점 들어가니 완연한 큰 길이 있었고 좌우에 기화이초가 줄줄이 널려 있었다. 그 안에 큰 궁전이 있었으며, 금광이 찬란했다. 가까이 나아가 보니 이층 삼문이 있었고, 현판에 황금 대자로 '천하제일 강산 아홉 머리 장군 대아문'이라 적혀 있었다. 필시 아귀굴이로다 하고, 몸을 돌이켜 한편 동산 수목 사이에 은신하여 좌우 동정을 살폈다. 이윽고 녹의홍상의 한 여자가 무슨 그릇을 옆에 끼고 나오기에 자세히 보니 천마산에서 보던 여자 같았다. 마음에 의혹이 생겨 몸을 감추어 그 여자의 뒤를 따라갔다. 여자는 동편 시냇가에서 그릇을 내려놓더니 한숨을 지으며 앉아 하늘께 빌며 말했다.

"명천과 일월성신이 하림하사 극진히 살피소서. 생전에 부모님을 다시 뵙게 하옵소서."

그러고는 피 묻은 수건을 빠는 것이었다.

도원수는 마음속으로 생각했다.

'천마산에서 마귀에 잡혀 오던 공주인가 싶으나 진위를 알 수 없구나.'

그러고는 냇가로 나아가 절을 한 다음 말했다.

"지나가는 나그네가 목이 마르니 한 그릇 물을 얻어 마실까 하노라."

그 여자가 이윽고 돌아보며 말했다.

"그대 복색을 보니 중국 사람인가 싶은데, 무슨 연고로 이런 험처에 들어와 계시나이까?"

도원수가 대답했다.

"과연 중국 사람으로서 과거 보러 가다가 길을 잘못 들어왔사온데, 어찌 나를 중국 사람인 줄 어찌 아셨나이까?"

여자가 이 말을 듣고 눈물을 흘리며 말했다.

"비인은 대명 환제 공주인데, 팔자가 기박하여 흉악한 아귀에게 잡히어 들어와 이런 흉한 욕을 당하고 있나이다. 벌써 죽고

자 했지만, 모진 목숨이 천행으로 살아나 부모님을 다시 뵐 수 있다면 그날 죽어도 한이 없을까 하나이다."

여자가 이렇게 말하며 슬퍼해 마지않자, 도원수는 그제야 공주인 줄 확실히 알고 땅에 엎드리며 말했다.

"신은 대명국 도원수 김원이옵니다. 황명을 받자와 아귀를 잡아 죽이고 세 분의 공주님을 모시러 이곳에 왔사오니, 저놈의 행동거지를 자세히 살피어 대사를 성공할 수 있게 도와주소서."

공주는 이 말을 듣고 차경차희(한편 놀라면서 한편 기뻐함)하여 정신을 수습치 못하다가, 잠시 후 다시 입을 열었다.

"진실로 이와 같을진대 밝은 하늘을 다시 볼 수 있을지도 모르겠거니와, 장군의 재주가 어떠한지 모르오나 저놈의 조화가 무궁하여 어찌 제어할 수 있을는지 걱정스럽나이다."

이에 도원수가 말했다.

"신이 이상한 모양으로 변신할 것이니 놀라지 마시고, 그놈의 행동을 살필 수 있도록 신이 변신한 것을 수건에 싸서 은밀하게 가지고 들어가소서."

그러고는 즉시 몸을 흔들어 작은 주먹만 한 수박으로 변하자, 공주는 행여 수문장졸이 알까 두려워 넌지시 수건에 싸서 옆에 끼고 대아문에 다다랐다.

그러자 수문장이 군사를 불러 분부했다.

"대장군께서 아무 시녀라도 중문 출입을 할 때는 몸을 뒤져 보라 하셨으니, 명대로 출입을 자세히 살피라."

하지만 잠시 후에 수문졸이 안으로 들어가자, 공주는 그제야 그릇을 옆에 끼고 안으로 들어갔다. 그러고는 아귀가 자고 있는 방의 협실에 주먹만 한 수박을 갖다 놓았다.

도원수는 그제야 본형을 내어 문틈으로 아귀가 자는 방을 들여다보았다. 아귀는 손에 비수를 들고 머리를 동이고서 신음하고 있었는데, 그 소리가 우레 같았다. 또한 아홉 입으로 숨을 쉬는 소리는 천마산에서 보았던 것보다도 더 웅장하게 들렸다.

이놈이 비록 흉악하나 비인, 비수, 비귀라. 신랑이 없어 음양을 모르는데, 상하 여인을 도적질하여 두고 부리니 여인이 삼천여 명이요, 나졸이 수십만으로 그 위엄이 제후국보다 더 대단했다. 좌우 궁전을 돌아보니 서편 마구에 준마 일천여 필이 매여 있고, 동편 창고에 금은보화가 무수히 쌓여 있으니 천하에 이름 없는 은근한 치국지의라 할 만했다.

도원수가 심중에 헤아려 보니, 이놈을 세상에 머물게 두면 천하에 큰 근심이 될 것이 분명했다. 그리하여 이놈을 없앨 묘책을 궁리하다가 홀연 깨달음이 찾아와 공주에게 말했다.

"독한 술을 많이 빚고 좋은 안주를 장만하여 그것을 먹인 다음 계교를 부리려 하나이다."

세 공주가 여러 여자를 데리고 오기로 약속을 정한 후에 십여 일이 지났다. 도원수는 여러 여자를 만나, 여차여차한 계교를 갖추고 기다리라고 말했다.

　이때 아귀의 상한 대가리가 웬만큼 나으니, 아귀가 모든 시녀를 불러 말했다.

　"내 병이 잠깐 나으니 사오 일 후 세상에 나가서 남두성을 잡아 죽여 내 분한을 풀리라. 너희는 나의 상한 마음을 위로하라."

　여자들이 이 말을 듣고 크게 기뻐하며 각각 호주 성찬을 준비하여 권하며 말했다.

　"대왕의 상처가 나으심은 첩 등의 복인가 하나이다. 쉬이 차도를 얻으면 남두성 잡는 일이 무슨 근심이리요. 주찬을 대령하였사오니, 진식하오셔 첩의 우려하는 마음을 즐겁게 하소서."

　이 말을 들은 아귀가 그러하라 하니, 여러 여자가 일시에 준비한 음식과 술을 가지고 가서 권했다. 아홉 입으로 권하는 대로 먹으니, 그 수를 헤아리지 못할 정도였다.

　아귀가 술에 만취하자, 여러 여자가 거짓 위로를 해 댔다.

　"장군은 잠깐 주무시어 아픔을 잊으소서."

　아귀가 그 말을 듣고 잠에 들려 하자, 셋째 공주가 곁에 앉아서 말했다.

　"보검을 놓고 주무시소서. 취중에 보검을 한 번 휘두르면 잔명이 무리하게 상할까 염려되나이다."

그 말을 듣고 아귀가 말했다.

"장수가 잠에 들 때라도 어찌 칼을 손에서 놓으랴마는, 혹 실수함이 있을까 걱정하여 하는 말이니 내 그 말을 받아들이겠노라. 하니 칼을 머리맡에 세워 둬라."

아귀가 칼을 주니, 공주는 그것을 머리맡에 세워 두고 잠들기를 기다렸다. 그러다가 잠이 깊이 들자, 비수를 가지고 협실로 나와 도원수에게 그 사실을 이른 다음 후원으로 나갔다.

공주가 큰 기둥을 가리키며 말했다.

"도원수의 칼로 저 기둥을 쳐 보소서."

도원수가 즉시 비수를 들어 기둥을 치니 반이 부러졌다. 공주가 크게 놀라며 말했다.

"만일 그 칼로 일을 도모했다면 성사도 못하고 큰 화를 당할 뻔했습니다."

아귀가 쓰던 비수로 기둥을 치니 썩은 풀 베어지듯 잘려 나갔다. 도원수는 크게 기뻐하며 공주와 함께 아귀가 자는 방으로 가서 문을 가만히 열고 들어갔다.

도원수가 공주에게 말했다.

"매운 재를 준비했다가 아귀의 아홉 머리를 다 베어 내면 즉시 재를 온몸에 뿌리소서."

약속을 정하고 비수를 멘 다음 아귀를 큰 소리로 부르니, 아귀는 잠에서 미처 깨지 못한 채 기지개를 켰다. 그런데 자세히 보니 온몸에 비늘이 돋쳐 있는 것이었다.

아귀가 잠에서 깨지 못하는 것을 보고 칼을 들어 아홉 머리를 치니 놈의 아홉 머리가 일시에 떨어져 나갔다. 여러 여자가 일시에 재를 뿌리니 아귀인들 어쩌겠는가.

머리 없는 등신이 일어나려다가 대들보를 받으니 들보가 부러졌다. 한 식경이나 그 짓을 반복하다가 거꾸러지니, 치하의 말이 여기저기서 분분했다.

시위 제장 소아귀들이 장수의 죽음을 알고서 병기를 갖춘 군사를 거느리고 원을 찾느라고 난리였다.

도원수가 그 제장 중 두목 소아귀를 보니, 신장이 구 척이요, 머리에 쌍봉자금투구를 쓰고 몸에 엄신갑을 입고 팔 척 장창을 든 모습이 늠름했다. 아귀는 요술로 죽였지만, 이놈은 대적키가 만만치 않았다. 즉시 자금용봉 투구를 쓰고 황금 대자 보신갑을 입은 다음 비수를 들고 마구에 있는 으뜸 준마를 타고 나는 듯이 내달아 대진하니, 소아귀가 양구히 보다 큰 소리로 외쳤다.

"너는 무슨 이유로 나의 대장을 죽였는가? 빨리 목을 늘이어 나의 창을 받으라. 이제 너를 죽여 우리 대장의 원수를 갚으리라!"

도원수가 큰 소리로 대답했다.

"나는 대명 대사마 대장군 천하 병마 도총독 대원수 김원이다. 내가 황칙을 받자와 아귀를 죽이고 세 분의 공주를 모셔 가기 위해 네 장수를 죽였다. 너희만 한 것이야 초개나 다를쏘냐."

말을 마친 다음 나는 듯이 달려들어 소아귀와 대적하여 오십여 합을 싸웠으나 불분승부(승부의 분간이 나지 아니함)였다. 도원수가 다시 정신을 가다듬어 또 오십여 합을 싸웠는데, 칼을 안장에 걸고 산호채를 왼손에 들어 에둘러 휘둘러 치니 아귀 무리가 땅에 붙어 떨어지지 않았다. 아귀들이 놀라 말에서 내리려 하나 발이 안장에 붙어 떨어지지 않으니, 이에 도원수가 칼을 들어 그 아귀들을 죽였다. 또 다른 소아귀들이 달려들자, 기세를 타 좌충우돌하니 추풍에 낙엽같이 떨어져 나갔다.

도원수가 돌아서 나오려 하니 문을 지킨 장수가 또 대적해 왔다. 그러나 그런 것들은 칼을 한 번 두르니 썩은 풀 베어지듯 쓰러져서 주검이 뫼 같고 흐른 피는 내를 이루었다.

도원수가 심신을 정히 한 다음 공주를 모시고 두루 살펴보니 사면 창고에 즐비한 보배와 여색이 무수했다. 그것들을 꺼내어 놓고 누각을 보니 삼사 층 별당이 곳곳에 있었는데, 그것들은 산호 기둥과 청석 마루와 유리벽과 호박 주초에 백옥대로 꾸며졌으며 용린 기와에 수정렴까지 달려 있었다. 그 화려함과 사치

함은 이루 다 기록할 수 없을 지경이었다.

공주와 여자들이 모두 감사의 인사를 하며 말했다.

"팔자가 기박하여 부모와 생이별하고 아귀에게 잡혀 무주고혼이 될 줄 알았는데, 도원수의 양춘혜택으로 다시 천일지하에서 부모를 상봉케 되었사오니 그 은혜 백골난망이란 말로 모자람이 있나이다."

도원수가 여자들을 치사하며 말했다.

"공주의 넓으신 덕으로 아귀를 죽이고 이런 흉처를 무사히 면케 되었으니, 황은이 저버리지 아님이로소이다."

그러고는 그 동천을 다 불 지르고, 공주와 모든 여자를 데리고 둥우리로 나가며 말했다.

"삼위 공주는 둥우리에 오르소서. 황상의 기다리심이 일각이 삼추 같사오니 쉬이 오르신 다음 둥우리를 내려 보내시면 모든 여자들을 내보내고 신은 나중에 나아가리이다."

그러자 공주가 말했다.

"도원수가 큰 공을 세워서 잔명을 보존하였으니, 먼저 올라가시면 우리가 뒤따라서 올라가리이다."

도원수가 엎드려 절하며 말했다.

"신은 신자라, 공이 무엇이관데 어찌 감히 먼저 올라가리이까. 낭랑께서 먼저 오르소서."

공주가 말했다.

"먼저 오르소서. 혹여 뒷근심이 있을까 해서인데, 정히 그러시면 장군과 같이 가겠나이다."

도원수는 크게 놀라면서도 그 말을 아니 들을 수 없어, 여자들을 한꺼번에 올라가게 하려고 방울을 일시에 흔들었다. 그랬더니 땅굴을 지키는 군사가 방울 소리를 듣고 일시에 줄을 당기어 굴 밖으로 끌어올렸다.

공주를 마지막으로 올려 안돈하게 모신 후 다시 둥우리에서 땅굴로 내려가니, 부원수 강문추가 마음속으로 궁리를 했다.

'김원이 땅굴에 들어가 대공을 이루고 공주를 모셔 내었으니, 궁으로 돌아가면 일등 공신이 될 것이다. 나는 품하여 아뢸 공이 없으니, 차라리 원을 땅굴에서 나오지 못하여 죽게 하고 저의 공을 앗음만 못할 것이다.'

강문추는 심복을 불러 여차여차 하자고 약속을 했다. 그러고는 둥우리를 내려 보내다가 군사가 그 줄을 놓아 버리자, 문추가 놀라는 체하며 공주께 아뢰었다.

"큰 변이 일어났나이다. 땅굴로 둥우리를 조심하여 내려 보내는데, 그 속에서 찬바람이 일어나며 사슬을 잡아당기니 군사가 견디지 못하여 놓아 버렸나이다."

공주와 모든 여자가 크게 놀라며 대성통곡했다.

그러자 셋째 공주가 첫째 공주께 말했다.

"일이 이러하니 빨리 궁으로 돌아가 황상께 이 연유를 고한 다음, 다시 둥우리를 준비하여 김 원수를 구하여 냄이 옳을까 하나이다."

두 공주가 말했다.

"김원이 그때까지 살아 있을 줄 어찌 알리요."

금당에 오른 세 공주가 눈물을 흘리며 모든 여자를 거느리고 황성으로 향하니, 문추가 군사에게 분부하여 흙과 돌을 날라 땅굴을 메워 버렸다.

이때 도원수는 땅속에서 세 공주를 먼저 올려 보낸 다음 다시 둥우리가 내려오기를 기다리고 있는데, 둥우리가 툭 떨어지더니 뒤이어서 흙과 돌이 무수히 내려오는 것이었다.

이에 도원수가 크게 놀라며 말했다.

"이는 반드시 내 공을 꺼려 나를 해하려는 자가 있도다."

그러고는 소리 높여 통곡하며 외쳤다.

"대명국 도원수 김원이 황명을 받들어서 땅굴에 들어와 아귀를 소멸하고 공주와 많은 여자를 구하여 낸 다음 나중에 나가려 하였더니 천만의외의 변을 만났나이다. 다시 성상과 부모를 뵈옵지 못하고 이곳에서 죽게 되오니 창천은 살피소서."

사방은 적막한데 두견만이 슬피 우니, 그 소리가 사람의 간장을 녹이는 듯했다.

 공주의 일행이 여러 날 만에 황성에 득달하니, 성내 백성과 혹 여자 잃은 사람들이 이 소문을 듣고 불원천리하고 사방에서 모여들어 분분한 가운데 반기며 우는 소리로 떠들썩했다.

 세 공주가 대궐로 들어가니 상과 황후가 공주의 손을 잡고 반기며 우시는데, 옥루는 좀처럼 그칠 줄을 몰랐다. 육궁 비빈과 삼천 궁녀들까지 같이 울다 보니, 마치 상사 난 집 같았다.

 상과 황후가 마음을 진정하고 공주들에게 지낸 고생을 물으시니, 공주는 눈물을 거두고 당초 아귀에게 잡혀 갈 제 산에서 한 소년을 만난 일과 땅굴에 들어가서 시녀로 부림당하던 일을 얘기했다. 그리고 냇가에서 피 묻은 수건을 빨다가 김 원수를 만난 일과 홍미선 부치던 일, 둥우리를 타고 올라온 후 군사가 사슬을 놓아 김원이 나오지 못한 연유를 모두 소상하게 아뢰었다. 상이 크게 놀라 차탄하시며, 강문추와 정낭에게 명하여 당장 땅굴로 가서 김원을 구해 내라 하셨다.

 두 사람이 성지를 받자와 땅굴로 가 보니, 땅굴은 이미 메여서 종적을 알 길이 없었다.

 할 수 없이 궁으로 돌아와 이 상황을 아뢰니, 상은 더욱 놀라시며 참담해하셨다. 그러고는 문무백관을 불러 모아 의논하시니, 우승상 송방이 말했다.

"신의 생각에, 김원의 공을 꺼려 해코자 하는 자가 있어 땅굴을 메웠다고 보이나이다. 문추와 사슬 놓던 군사를 국문하시면 그 진위를 알 수 있을까 하나이다."

상이 옳게 여기고 문추와 군사를 엄형으로 문초하니 천의뇌정 같은지라 어찌 감히 기망하겠는가. 불하일장(죄인이 매 한 대도 채 맞기 전에 미리 자백함)에 자초지종을 낱낱이 승복하고 문추 또한 지만(옛날 죄인이 자복할 때에 '너무 오래 속여서 미안하다'는 뜻으로 자기의 자복함을 일컫는 말)하니 상이 통분해하며 문추와 군사 등을 처참하셨다.

상은 승상 김규를 입시하라 하신 후 위로하며 말했다.

"경의 아들이 나라를 위하여 사지에 들어가 공주를 구하였거늘, 짐은 도원수를 보지 못하고 그 종적을 모르니 경을 봄이 어찌 부끄럽지 아니하리요."

승상은 간장이 녹는 듯하나 군신지측에 사색을 나타내지 못하고 엎드려 절하며 아뢰었다.

"신이 대대로 국운을 입었지만 갚을 길이 없사온데, 이제 천한 자식이 황명으로 군사에 죽사오니 도리어 영행하온지라. 성대 여차하오시니 황공함을 이기지 못하겠나이다."

상이 재삼 위로하시고 내전에 들어가 이 사연을 전하시니, 황후와 세 공주가 문추를 만만 흉한이라 하며 도원수를 차탄하다가 셋째 공주가 엎드려 아뢰었다.

"신첩의 형제는 김원이 아니었으면 도무지 천안을 뵈옵지 못했을 것이옵니다. 허나 첩 등은 살아 돌아오고 김원의 사생을 모르는데, 심규에 안연하여 은혜 갚기를 생각지 아니한다면 이는 배은망덕이요, 불의무도지인이라 생각하옵니다. 신첩이 땅굴에서 나올 제 김원과 언어를 상통하며 내외를 불분하고 심중에 삼종지의를 맺었사옵니다. 들자오니 김원의 부모가 다른 자녀 없고 혈혈무의하다 하오니, 신첩이 원컨대 원의 부모께 고식지례를 차려 봉양하겠사옵니다. 그리하여 첫째는 여자의 절개를 온전히 하고, 둘째는 저의 은혜를 표하겠습니다. 그렇게 지내다가 원이 살아 돌아오면 천행으로 알겠고, 오지 않는다면 그것 또한 첩의 팔자로 받아들이겠습니다. 신첩의 뜻이 그러한즉 복원 황야는 윤허하심을 바라나이다."

상이 청파에 그 청고한 절개와 의리에 감동하사 즉시 김규를 패초하여 이 사연을 하교하시고 공주에게 명하여 구고지례를 행하라 허하셨다. 승상은 불승 감격하여 천은을 숙사하고 공주와 함께 고향 집으로 돌아와 별당에 처소를 정했다.

공주는 도원수의 생사를 모르므로 금패를 풀고 순색 의복을 입고서 승상 부부를 극진하게 모셨다. 승상 부부는 공주의 성효에 감동하여 슬픈 마음을 적이 잊어 갔다.

김원은 슬픈 마음을 진정하고 전정을 헤아리니 이미 일은 글렀다고 생각되었다. 그리하여 산천을 구경하며 정처 없이 걷는데 높은 나무에 한 소년이 달려 있었다. 깜짝 놀란 원이 맨 것을 풀고서 자세히 보니 소년은 금휘천관의 청사도복을 입고 있었다. 골격이 비범치 않은 것으로 보아 신선의 풍류 아니면 도인의 무리로 보였다.

 김원은 마음속으로 이상하게 생각하며 그 연유를 물었다.

 소년이 일어나 절을 하며 답했다.

 "소생은 동해 용자로 삼신산의 금강초를 캐어 가지고 돌아왔더니, 이곳에 있는 아귀가 강포하여 용궁에 들어와 소생의 누이를 앗아 가려 했나이다. 부왕이 서남북 삼해 용왕에게 청하자, 그들이 나아가 크게 제패하고 돌아오다가 소생을 아귀의 무리인 줄 알고 나무에 매단 지 여러 날이 되었나이다. 그런 중에 선생의 구하심을 받게 되었사오니 그 은혜가 백골난망이옵니다. 불감하오나 높으신 성명을 알고 싶나이다."

 김원이 말했다.

 "나는 대명국 도원수 김원이로다. 황명을 받자와 이곳에 들어와 아귀를 소멸하고 공주를 먼저 보낸 후 뒤따라 나가려 하였더니 천만의외로 사슬이 끊어지고 땅굴이 메여 나가지 못하여, 산천을 구경하다가 그대를 만나니 이 또한 일시 연분이로다."

소년이 다시 절을 하며 말했다.

"이리이리 하면 비단 재생지은이라. 원수까지 갚았사오니 불승감격하나이다. 이제 인간 세상으로 나가고자 하시면, 잠깐 수궁에 다녀가심이 좋을까 하나이다."

김원이 웃으며 말했다.

"이곳은 굴이라도 천지일월이 세상과 같으니, 혹 나갈 길이 있을지도 모르는 일이지만 수부는 유현의 길이 다르니 진세 사람이 행할 곳이 아니로다. 그대 청하는 일은 감격스러우나 가히 따르지 못하리로다."

용자가 크게 웃으며 말했다.

"어찌 녹의 변화와 수궁 자미를 듣지 못하시나이까. 소생을 따라가시면 자연 인간 세상으로 나가실 수 있으니 조금도 의려치 마소서."

김원도 그 말을 듣고 보니 그럴듯이 여겨져 용자를 따라 백여 리를 갔는데, 그곳은 동해 바다였다. 용자가 도원수에게 등에 엎드리라 청하여 용자의 등에 오르니, 용자가 몸을 번드쳐 물결을 헤치며 나아가니 순식간에 용궁에 다다랐다.

용자가 먼저 들어가 왕을 뵈옵고 아귀에게 잡혔던 일과 도원수를 만나 구함 받은 일을 얘기했다. 그리고 도원수와 같이 들어온 연유를 고하니 왕이 크게 놀라며 말했다.

"그런 줄 알았다면 내 친히 병사를 보내어 너를 아니 구하였으랴. 그러나 은인이 왔다 하니 바삐 청하라."

용자가 명을 받들어 도원수를 데리고 극락전으로 들어가니, 용왕이 예로써 맞이하며 말했다.

"몹쓸 아귀를 소멸하고 아들을 구해 준 은혜에 감사하나이다."

김원이 대답했다.

"이는 수궁의 복이요, 왕의 성덕이라 어찌 소장의 공이겠사옵니까."

용왕은 도원수의 겸손함에 감복하여 신하들을 불러 큰 잔치를 베풀었다. 풍악이 울리고 술이 두어 순배 돌자, 용왕은 도원수의 지난 일과 용자를 구하여 돌아온 전말을 신하에게 전했다.

"장군이 아니었으면 살아 돌아오기 어렵고 수궁 화근을 덜지 못했을 것이오. 이 은혜는 태산이 도리어 가볍고 하해가 도리가 얕을 만큼 높고 깊은 것이오. 과인의 여식과 이성지합(다른 성을 가진 남녀가 혼인을 하는 일)을 맺어 은혜를 갚고 의를 맺고자 하는데, 경들의 의견은 어떠한고?"

도원수가 이 말을 듣고 크게 놀라 땅에 엎드려 아뢰었다.

"소생은 인간의 천한 몸이요, 공주는 용궁 대인이시니 성의를 봉행치 못하리이다."

좌중이 격동하여 가로되,

"혼인은 이성지합이요 백행지원이어늘, 장군이 동방화촉을 굳이 사양하니 도리어 장군을 위하여 취치 아니하노라."

도원수가 좌중 공론과 왕의 관대함에 감복하여 허락하니, 왕이 크게 기뻐하야 길일을 택하여 납폐 친영(육례의 하나로 신랑이 신부를 맞음) 지례를 행하게 되었다.

도원수가 길복을 갖추어 전안을 받고 교배를 당하여 잠깐 눈을 들어 용녀를 살펴보니, 선중옥골과 설부화용(눈같이 흰 살결과 아름다운 얼굴)이 일지 홍련이 되어 피어 난 듯 미색이 빼어났고 삼오야 밝은 달이 동천에 오른 듯한 절대 가인이었다.

날이 저물자, 초를 밝히고 침소에 나아가니 옥안화용이 촛불 아래서 더욱 찬란했다. 도원수가 기쁜 마음을 이기지 못한 가운데 초를 물리고 금침에 나아가니, 원앙이 녹수를 매었으며 비취가 연리지에 깃들임 같았다.

세월이 유수와 같이 흘러 여러 해가 지나자, 도원수가 부모에 대한 그리움을 이기지 못하여 용녀에게 말했다.

"생이 인간 천인으로 부왕의 덕을 입어 귀주와 동락하매 영귀함이 지극하나, 다만 부모의 슬하를 떠난 지 여러 해가 지나 살아 있는지 죽었는지도 모르오니 이는 천고에 불효요. 옥주는 재삼 생각하여 쉬이 돌아감을 허락하면 삼가 풀을 맺어 은혜를 잊지 아니리이다."

용녀가 몸을 단정히 하고 앉아 말했다.

"첩은 이미 군자의 건즐(낯을 씻고 머리를 빗음)을 받든 지 오래지만 군자의 부모님을 현알치 못하였으니 이 또한 자식의 도리가 아니오니, 마땅히 부왕께 여쭙고 군자의 뒤를 따르리다."

용녀가 이튿날 도원수와 함께 금난전에 들어 전후사연을 고하고서 근친할 뜻을 아뢰니, 왕이 그 성효에 감동하여 쾌히 허락하고 잔치를 베풀어서 헤어짐을 아쉬워했다.

용녀가 도원수에게 말했다.

"부왕이 반드시 금주보패를 주실 것이니, 다 받지 말고 옥상에 놓인 연적을 달라 하소서."

도원수가 그 말을 좇아 용왕께 청하며 아뢰었다.

"금주보패는 별로 쓸데없사오니, 다만 옥상에 놓인 연적을 주시면 족히 떠나는 정회의 징표로 삼을까 하나이다."

왕이 크게 놀라며 말했다.

"현서는 어찌 이 보배를 아느뇨. 진실로 어렵도다. 그러나 현서의 옛 은혜와 떠나는 정의를 생각하고 이를 주노니, 부디 허허히 굴지 말고 잔잔히 사용해라."

그러고서 그 연적을 주자, 도원수가 받으면서 감사 인사를 올렸다.

그러자 왕이 말했다.

"이는 용녀가 앗은 것이니, 원로에 평안히 쓰도록 해라."

도원수는 용왕에게 하직 인사를 드린 다음 용녀를 데리고 순식에 파도를 지나 육지에 다다랐다. 그러나 황성이 만 리 밖에 있어 연적을 불러 준마 두 필을 얻어 하나씩 타고, 남복을 구하여 용녀에게 입힌 다음 중원으로 향했다.

날이 저물어 점사에 들었는데, 연적을 불러 저녁을 준비하여 먹으니 점주 놈이 이 신기함을 보고 보밴 줄 알아 욕심이 일어 불의한 행동을 감행했다.

점주 놈은 도원수가 잠들기를 기다렸다가 부지불식에 침소로 들어가 찔러 죽인 다음 용녀를 해하려 했으나 벌써 간 데 없이 사라지고 없었다.

점주는 도원수의 신체를 치우고 연적을 차지하여 천만 행락하다가 마침 천명을 당하여 제 분묘에 올라 연적을 놓고 주찬을 구하여 제를 올리려 했다.

이때 셋째 공주도 도원수를 생각하며 향화를 받들었는데, 하루는 방 안에서 난데없는 이상한 소리가 들리더니 궤 하나가 나타났다. 그 궤는 금색 빛을 발하며 모양이 기이했다. 공주가 이를 사랑하여 밥을 먹여 길렀는데, 공주가 제를 마친 후 궤를 찾으니 이 또한 천명을 당했는지 온 데 간 데 없이 사라지고 없었다. 그 궤는 도망을 쳐 점주가 제 지내는 곳으로 가서 연적을 물어다가 공주 앞에 놓았는데, 광채 찬란하고 모양이 괴이한 것이 심상치 않아 보였다. 공주가 그 연적을 보배인가 싶어 궁으로 보내니, 상이 보시고 신기하게 여겼다.

상이 제신에게 반포하여 물으니, 간의대부 송왕이 아뢰었다.

"각 읍에 행관하여 찾아보면 연적 잃은 사람을 알아서, 그 근본을 알리이다."

상이 옳게 여기고 각 읍에 행관하니, 점주가 이 소문을 듣고 반기면서 보배 잃은 사연을 아뢰었다.

사관이 그놈의 성명을 묻고 보배 잃은 사연을 물으니, 그놈이 대강 속여 아뢰는 것이었다.

그러자 사관이 말했다.

"황제께서 이 보배의 이름과 조화를 알려 하시니, 마땅히 올라가서 자세히 아룀이 옳다."

사관이 점주 놈을 데리고 황성에 이르러 상께 고하니, 상이 직접 만나 하문했다.

그러자 점주 놈이 아뢰었다.

"그 이름은 연적이오."

그러고는 천지 조화되는 연유를 아뢰니, 상이 크게 기뻐하며 대전으로 들어갔다.

상이 연적을 불러 그 조화를 보고 있으니, 그 속에서 선녀 하나가 나왔다.

상이 황홀해하며 그 근본을 물었다.

그러자 선녀가 큰 소리로 말했다.

"첩은 동해 용왕의 여식이옵니다. 대명국 도원수 김원이 아귀를 소멸하고 용자를 구하여 돌아오매 용왕이 사위를 삼으셨사옵니다. 그러나 군자께서 부모님을 뵙고 싶어 하는 마음이 지극하여 인간 세상으로 오실 제, 첩도 함께 따라왔사옵니다.

그러다가 황성으로 오는 도중에 형주에 이르러 점사에 들었는데, 그곳의 점주가 도원수를 해하옵고 첩 등을 탈취하였사옵니다.

첩은 여러 가지로 변신하여 지금 조화 중에 있사옵고, 군자의 신체는 계양산에 묻혔사오나 천명이 멀었사오니 신처를 찾으면 다시 환생하는 것은 어렵지 않사옵니다. 봉래산 구류선의 병수와 삼산 금강초가 있사오니, 그 점주 놈을 벌하시고 군자의 신체를 찾아 이 약으로 시험하면 다시 돌아올 것이오니 그대는 바삐 행하소서."

상은 이 이야기를 듣고 크게 기뻐하며 외전으로 나와 제신들을 불러들였다. 그러고는 점주를 결박하게 한 다음 사관과 함께 계양산으로 보내서 도원수의 신체를 찾아내게 했다. 신체는 조금도 썩지 않았고 살았을 때의 모습 그대로였는데, 여간 이상한 일이 아닐 수 없었다.

선녀의 말대로 도원수의 신체에 금강초를 얹고 병수를 입에 드리우자, 도원수가 일어나 앉으며 말했다.

"어찌 누천리 길이 남았는데, 벌써 이곳에 있는고?"

사관이 자초지종을 이야기하니 도원수는 그제야 여러 가지 일이 떠올랐다.

도원수는 사관과 연적에게 사례한 다음 크게 잔치를 베풀어 치하했다.

그러고는 사관과 함께 황성에 이르니 황제가 백관을 거느리고 도원수를 맞이했다.

상은 승상 김규를 자초공으로 봉하시고, 김원을 부마로 정하는 뜻을 반포하셨다. 그러고는 택일하라고 예부에 명하신 다음, 김원을 좌승상 겸 봉백후 부마도위로 봉하셨다. 또한 모친 유씨는 충렬 부인으로 봉하셨다.

도원수가 집에 돌아와 모친을 뵈오니, 승상 부인은 비탄과 함께 기쁨을 금치 못했다.

이때 공주의 방 안에 있던 궤는 도원수가 온 것을 알고 미인으로 변하여 승상 부부 앞으로 나가 인사를 올렸다. 승상 부부가 영문을 몰라 어리둥절해하며 황황히 답배하자, 옆에 있던 도원수가 여인을 살펴보았다.

도원수가 크게 놀라며 물었다.

"부인과 형주서 헤어졌는데, 어찌 이곳에 계시나이까?"

용녀가 말했다.

"그때 환란을 당하여 몸을 변하게 하여 공주 슬하에서 지냈사옵니다. 군자께서 무사히 돌아오셔서 이제야 본 모습을 보이나이다."

두 사람이 주고받는 말을 듣고 있다가, 승상이 말했다.

"이러한 신기로운 재주로 어찌 그 환을 구하지 못하였느뇨?"

용녀가 말했다.

"한 번은 반드시 겪을 운명인데, 어찌 피하오리이까?"

승상이 말했다.

"우리 원이가 무사히 돌아옴은 모두 그대의 공일진대, 그 고마움을 어찌 말로 다 하리요."

승상 부부는 용녀를 반기면서 크게 잔치를 열어 많은 사람과 즐거움을 나누었다.

이윽고 날이 저물자, 도원수는 용녀와 함께 침소로 들어 금실지락을 나누었다.

한편 예부에서는 길일을 택하여 동백후와 공주를 친영하셨다. 또한 용녀의 전후사를 주달하니 이를 기쁘게 받아들여 용녀를 정숙 공주로 봉하였다.

그리하여 두 공주는 집으로 돌아가 도원수와 승상 부부께 인사를 올린 다음 별당으로 들어가 화촉을 밝히고서 옛날 일을 이야기하며 즐거워했다.

촛불을 물리고 밤을 지낸 후 천자를 뵈오니, 상과 황후의 사랑하심이 가이없었다.

하루는 상이 전교하사 점주 놈을 처참하라 하시고, 김원을 연왕으로 봉하셨다.

그러나 원이 굳이 사양하니, 좌승상 왕준이 아뢰었다.

"김 원수가 왕직을 사양하오니, 형주는 지방이 넓고 물색이 화려하며 황성이 가까우니 형주후로 봉하여지이다."

도원수가 승상 양위를 모시고 형주로 도임하니 수토도 아름답고 민심이 순후했다. 두 부인과 더불어 승상 양위를 지성으로 모시니 이른바 선지일월이요 옥출곤강이었다.

오호라! 홍진비래는 천지에 순환한 바라. 승상이 홀연 병이 들어 침직에 누우니 후왕과 두 공주가 주야로 식음을 폐하고 시탕(어버이의 병환에 약 시중하는 일)을 정성으로 하여 간병했다.

승상이 목욕한 후 상에 누워 부인과 자부 등을 불러 유언을 했다.

"세상에 믿기 어려운 것은 명이라. 생전에 자식을 못 볼까 원이었는데, 천행으로 죽은 자식을 다시 만나 영화부귀로 열락하니 어찌 즐겁지 아니하리요. 너무 슬퍼 말라."

그러고는 염염(점점 거리가 멀어져서 스러져 없어지려는 모양)기세(세상을 버림)하시니 일가가 애통해했다.

충렬 부인 또한 기운이 쇠하여 자부 등의 손을 잡고 세상을 하직하니, 형주후와 두 부인이 애통망극해했다.

천자가 환시로 조문하사 치제하시고, 승상 양위를 왕례로 장하셨다.

형주후는 천은을 못내 축수하며, 선산에 안장한 후 비길 데 없이 애통해했다.

그 후, 세월이 물과 같이 흘러 삼년상을 지내고 나니 후와 두 공주는 망극해 마지않았다.

한 공주는 삼 남 일 녀를 두고, 또 한 공주는 이 남 일 녀를 두었으니, 다 선풍도골이요, 전세간 영웅이라 그 빛나는 영화가 원근을 가리지 않고 사방에 진동했다.

하루는 형주후가 여러 자녀를 모아 놓고 잔치를 즐겼는데, 오시 무렵이 되자 문득 공중에 오색 채운이 집을 두르더니 널리 퍼지는 것이었다.

후와 용녀가 자녀들을 불러 앞에 앉히고 말했다.

"인간 세상에서의 우리 인연은 금일뿐이라. 이제 너희를 떠나지만, 다른 때에 만날 것이니 백세 무양하라."

그리고 공주를 불러 말했다.

"우리가 먼저 가오나, 후일에 다시 만날 때 있을 것이옵니다. 비감치 마시고 자녀들을 거느리고 평안히 지내옵소서."

그러고는 후와 용녀가 표연히 자리에서 일어났는데, 향운에 어리는가 싶더니 이내 온데간데없이 사라졌다.

자녀와 노복 등이 황망해하는 가운데 채운이 걷히자, 청명한 하늘을 향해 무수히 곡읍배례(소리 내어 섧게 울고 절함)했다. 그런데 연적 또한 어디로 갔는지 흔적도 없이 사라지고 없었다.

천자와 왕후가 이 기별을 듣고 후를 생각하니 비회를 금키 어려웠다. 예관을 보내어 치제 조문하며 애달파했다.

그러데 이들의 삼년상을 마친 후 공주가 홀연히 세상을 떠났다. 이를 천자께 주하니 상과 후비는 측량할 수 없을 정도로 슬퍼했다.

예관을 보내어 삼위 합장하고 치제하시니, 이로 볼진대 뉘 아니 신기하게 여기지 않겠는가.

또다시 삼 년을 지낸 후에 장자 해룡을 형주후로 습봉하셨는데, 문무에 출중한 해룡의 인덕이 무궁 장원했다.

작자 미상 고전 소설 해설

전우치전 / 김원전

■ 작가에 대하여

작자 미상의 고전 소설이다. 〈전우치전〉 초기의 연구에서는 〈홍길동전〉 이야기와 유사하다고 하여 작가를 허균이라고 주장하기도 했다. 하지만 근래의 연구에서는 〈전우치전〉은 15세기 중반에서 16세기 중반에 실존했던 '전우치'라는 인물을 주인공으로 한, 작자와 창작 연대를 알 수 없는 작품으로 평가되고 있다. 〈김원전〉은 당대의 인기 있던 여러 설화가 접목된 것으로 보아 여러 사람의 공동 창작물로 여겨진다. 흥미 요소와 행복한 결말에 대한 추구 의식이 나타난다.

전우치전

◆ **작품 개관**

사회 소설적 측면과 도술 소설이라는 점에서 〈홍길동전〉의 아류작으로 평가받는다. 하지만 실존 인물인 '전우치'를 모델로 하고 있다는 점과 〈홍길동전〉과는 다른 설화와 구조를 바탕으로 한 다양한 이본이 존재한다는 점, 조선 후기의 무능한 임금에 대한 비판과 부패한 관리에 대한 신랄한 비판을 통해 민중들에게 쾌감을 준 점으로 인해 오늘날까지 꾸준히 인기를 얻고 있다.

◆ **줄거리**

조선 초 송경에 신선의 도를 배운 전우치라는 선비가 있었다. 남방에서 해적들이 노략질을 일삼는데도 조정에서 백성들의 질고를 내버려 두자, 전우치가 세상에 나갔다. 전우치는 임금에게 천상의 태화궁을 지을 황금 들보를 만들어 바치라 하고, 이를 가지고 전국의 빈민들을 구한다. 후에 이 사실을 안 임금은 전우치를 체포하라고 전국에 명한다. 전우치는 자신을 잡으러 온 태수를 물리치다가 스스로 병 속에 들어가 금부의 나졸들에게 잡힌다. 임금은 전우치를 죽이기 위해 여러 방법을 쓰지만 전우치는 결국 임금을 기망하고 다시 세상 속으로 돌아간다.

전우치는 여러 곳을 다니면서 자신의 도술을 이용해 어진 일을 한다. 살인 정범으로 몰린 백발 노옹의 아들을 구하고, 저잣거리에서 사람들을 괴롭히는 관리들을 혼내 주며, 자신에게 거만하고 냉소적으로 대하는 운생과 설생을 혼내고, 형장으로 가던 호조 고지기인 장세창의 억울함을 구제해 주며, 부모를 장사 지내지 못해 우는 한자경을 돕기도 한다.

이때 조정에서는 전우치에게 선전관이라는 벼슬을 내려 임금에게 충성을 다하도록 한다. 그러나 고참 선전관들이 전우치에게 허참례를 하도록 강권하자, 전우치는 그들을 도술로서 곯려 준다. 이때 함경도 가달산의 도적이 재물을 노략하며 인민을 살해하자 전우치가 그 도적의 우두머리를 잡고 사건을 해결한다. 또한 지난번에 약탈한 호조의 은을 제자리에 돌려 놓자 임금이 크게 기뻐하며 전우치에게 상을 내린다. 그러나 호서 지방의 역모자들이 문초를 당하는 과정에서 전우치에게 누명을 씌우자 전우치는 도술과 기지를 이용해 위기를 모면한다.

도망친 전우치는 이조판서 왕연희를 찾아가 그의 잘못을 벌하고, 남편을 업수이 여기는 오생의 부인을 벌한다. 그러다 양봉환이라는 선비의 소원을 들어 주기 위해 여인의 정절을 훼손하려다 강림 도령에게 꾸짖음을 당한다. 이후 전우치는 도학이 높다는 서화담을 찾아가 그와의 내기에서 진 후 그의 제자가 되어 태백산으로 들어가 도를 닦는다.

◆ 주요 등장인물

전우치 조선 초의 선비. 높은 스승을 만나 신기한 재주를 얻는다. 효를 중시하고, 억울한 사람을 구제하며, 부패하고 무례한 관리들을 징계하는 정의로운 면을 지녔다. 그러나 법을 따르기보다는 도술을 사용하고, 임금을 기망하는 등 불충한 면도 있다.

임금 국가의 법을 어기고 불충을 저지르는 전우치를 잡고자 하나 결국 잡는 것을 포기하고 그에게 오히려 벼슬을 내려 그를 회유한다.

강림 도령 법도에 어긋나는 행동을 하는 전우치를 꾸짖는 인물. 신이한 능력을 가졌다.

서화담 전우치와 내기를 통해 그를 굴복시키고 자신의 제자로 삼는 뛰어난 능력의 소유자이다.

◆ **작가와 작품**

〈전우치전〉의 다양한 이본과 대중성

〈전우치전〉의 실제 모델은 15세기 중엽에서 16세기 중엽에 실존했던 '전우치'라는 인물을 대상으로 한다. 그러나 그의 행적은 분명하게 나타나지 않고 신이한 행적만이 남아 있을 뿐이다. 이러한 그의 행적을 바탕으로 설화의 이야기가 소설로 정착되어 〈전우치전〉이 된 것으로 추정된다.

〈전우치전〉은 많은 이본이 존재한다. 한글 필사본은 1847년 경판 37장본이 간행되기 시작하여 장수를 줄여 가면서 22장본과 17장본이 지속적으로 출간되었다. 활자본은 1914년 신문관에서 출간되어 회동서관과 영창서관을 비롯하여 세종서관(1962년까지 출간)에서 출간되었다.

한문 필사본과 한글 필사본, 경판본과 활자본의 이야기가 조금씩 다르고, 인물의 일대기적 구조와 행적이 다르지만 그럼에도 오늘날까지 꾸준히 민중들에게 읽히는 이유는 이 작품이 가진 대중성 때문이다. 신이한 능력을 가진 전우치가 민중의 어려움과 억울함, 임금과 양반에 대한 울분을 대신해 표출해 주었기 때문에 대중성을 얻을 수 있게 되었다.

◆ **작품의 구조**

은둔 생활→ 현실 생활→은둔 생활의 3단계 구조

〈전우치전〉의 작품 구조는 '은둔 생활 → 현실 생활 → 은둔 생활'의 3단계 구조로 정리할 수 있다.

작품의 초반을 살펴보면 전우치는 현실 세계에 관심을 보이지 않고 은둔 생활을 한다. 높은 스승을 좇아 신선의 도를 배우고, 신기한 재주를 부리며, 자취를 감추고 지낸다. 이 부분은 세상에 나가기 전에 술법을 배우는 장면에 해당한다.

다음 단계는 현실 세계 부분이다. 이 단계는 전우치가 적극적으로 현실의 문제에 개입한다. 임금을 기망하여 전국의 빈민들을 구제하거나, 억울한 일을 당한 백성들의 문제를 해결하고, 어려움에 처한 효자에게 도움을 주는 등 적극적으로 민중의 어려움을 해결한다. 또한 양반들의 거만함이나 나쁜 행실들을 바로잡는다.

마지막 단계는 전우치가 서화담의 높은 도학을 듣고 찾아가 그와의 내기에서 지고 그를 따라 태백산에 들어가는 부분이다. 결국 전우치는 현실 세계의 여러 행적을 통해 자신의 신이한 능력을 펼쳤으나 결국 원래의 위치인 은둔 생활로 돌아가게 된다.

이 구조는 결국 〈전우치전〉이 백성들의 어려움을 해결하고, 관리들의 잘못을 바로잡는 것이 목적이지 사회의 반란을 꾀하는 것이 목적이 아니라는 것을 말해 준다. 또한 전우치가 다시 은둔 생활로 들어가는 모습을 통해 도술로는 현실의 문제가 해결될 수 없다는 것을 보여 준다.

◆ **작품의 감상과 수용**
〈홍길동전〉과의 비교를 통한 작품 이해

〈전우치전〉과 〈홍길동전〉은 조선 후기를 바탕으로 하고, 도술을 부리는 영웅적 인물이 등장하며, 어려운 백성을 구제하고, 부패한 관리와 양반을 징계하는 등 많은 부분에서 공통점이 있다.

 〈전우치전〉의 일부 판본에서는 비범한 출생과 뛰어난 능력, 위기와 극복, 승리로 이어지는 영웅의 일대기적 구조 등이 〈홍길동전〉과 유사하다. 하지만 이러한 부분으로 인해 〈전우치전〉을 단순히 〈홍길동전〉의 아류작으로 평가하기에는 무리가 있다.

 〈홍길동전〉과 〈전우치전〉에서 두 주인공은 모두 도술을 바탕으로 부정적 현실을 극복해 나간다. 그러나 〈홍길동전〉의 홍길동은 자신이 스스로 도술을 익히고 그것을 바탕으로 자신의 위기와 부정적 현실을 극복해 나간다. 그 도술은 홍길동에게는 매우 중요하고, 현실 세계에서는 홍길동을 이길 도술이 나타나지 않는다. 그러나 〈전우치전〉에서 전우치는 스승에게 도술을 배우거나 여우를 통해 도술을 얻는다. 그의 도술은 강림 도령이나 서화담과 같은 높은 도술을 부리는 자에게 굴복당하고 부정된다. 이처럼 〈전우치전〉에서의 도술은 현실의 모든 문제를 해결하지 못한다는 것을 알 수 있다.

〈홍길동전〉에서 홍길동이 집을 나선 이유는 개인과 관련된 조선 사회에 대한 제도적 불만과 관련이 있는데 반해, 〈전우치전〉의 전우치가 세상에 나가는 이유는 은둔 생활을 하던 자신과는 무관한 사회의 혼란을 보고 그것을 바로잡기 위함이다. 이는 소설의 창작 의도가 다름을 보여 준다. 〈홍길동전〉은 홍길동이 의적이 되어 백성들을 구제하고, 관리들을 징계하지만 궁극적으로는 신분을 넘어 율도국의 왕이 되는 데 목적이 있음을 알 수 있다. 그러나 〈전우치전〉은 전우치가 개인적 욕망과 상관없이 백성들의 억울함과 어려움을 해결하고, 관리들의 부정을 징계한 뒤 다시 은둔 생활로 돌아가는 것으로 볼 때, 〈전우치전〉의 창작 의도는 〈홍길동전〉과는 그 성격이 다르다고 할 수 있다.

◆ 작품에 반영된 현실

신기한 도술을 부리는 영웅이 필요한 세상

〈전우치전〉에 등장하는 현실의 모습은 다양하다. 피폐해진 백성들의 삶, 백성들의 물건을 빼앗는 관리들의 모습, 함경도에서 재물을 노략질하며 인민을 해하는 도적의 창궐 등 작품 속의 현실은 백성들에게 매우 힘든 상황이다. 그러나 임금은 전국의 금을 모아 황금 들보를 만드는 데에만 신경을 쓰고, 양반들은 백성들의 삶과는 유리된 풍류의 생활을 즐기며, 관리들은 허례를 좇아 백성들의 삶을 돌보지 않는다.

이러한 사회의 혼란한 모습을 바로잡기 위해 전우치가 세상에 등장한다. 그는 신이한 도술 능력을 바탕으로 임금을 속이고, 관리들을 징계하며, 어려운 백성들을 구제한다. 그의 신이한 능력은 쉽게 굴복되지 않으며, 하지 못하는 일이 없을 정도로 백성들에게 쾌감과 카타르시스를 안겨 준다.

왜 당대의 민중들은 전우치의 신이한 능력과 행적에 열광하였을까? 그것은 전우치의 신이한 능력과 행적이 백성들의 다양한 어려움을 한 번에 해결해 주었기 때문이다. 그만큼 현실은 평범한 인간의 힘으로는 극복하지 못할 만큼 어렵고 힘들었다. 그렇기 때문에 현실에서는 존재하기 힘든 능력을 가진 전우치가 나타나 그의 신이한 도술을 이용하여 많은 현실의 문제점을 해결하게 된 것이다. 이를 통해 임진왜란 이후의 조선 후기는 백성들이 매우 살기 힘든 상황이었을 것으로 추측할 수 있다.

김원전

◆ **작품 개관**

이 작품은 천상의 신분이 옥황상제께 죄를 지어 인간계로 내려온 적강 소설이며, 김원이라는 인물의 영웅적 일대기를 그렸다는 점에서 영웅 소설이기도 하다. 지하국 대적 퇴치 설화, 용궁 설화, 재생 설화 등 당대에 전해지던 설화들의 흥미 요소들이 결합되어 《김원전》이란 작품을 탄생시켰다고 볼 수 있다.

◆ **줄거리**

운남 서쪽 땅의 좌승상 김규는 좋은 가문에 현숙한 부인까지 두어 부족한 것이 없으나, 자식이 없었다. 어느 날 부인 윤 씨가 꿈에서 선녀를 만나 자식을 점지받았으나 해산일에 나온 것은 수박처럼 둥근 덩어리였다. 이 아이를 사람들은 변괴라고 하였으나 승상 부부는 김원이라 부르며 정성으로 기른다. 십 년이 되는 해에 한 선관이 찾아와 원에게 하늘에서 지은 죄의 기간이 끝났으니 보에서 나오라 하고 천서 세 권을 선물한다. 보에서 나와 자라면서 원은 문무를 모두 갖춘 월등한 인재가 되어 승상 부부를 기쁘게 한다. 원은 천마산에서 수련을 하다 흉악한 짐승 아귀가 공주 셋을 도적질하여 가는 모습을 보고 막으려고 했으나 실패하고 은신처를 확인해 둔다. 원은 돌아와 아버지 김규에게 이 이야기를 전한다.

한편, 명나라 황궁으로 '아홉 머리 장군 아들'이라고 지칭하는 아귀가 나타나 황녀 셋을 약탈하는 사건이 벌어진다. 문제 해결을 위해 낙향해 있던 김규를 불러들이고, 김규는 아들이 봤던 사건을 고한다. 황제는 원을 도원수에 임명해 공주를 탈환해 올 것을 명한다. 천마산에 도착한 원은 아귀가 끌고 온 여자들과 힘을 합해 아귀를 물리친다. 공주 셋과 여자들을 구해 내 지상으로 올려 보낼 때, 공을 탐낸 부원수 강문추가 원을 지하로 떨어뜨리고 구멍을 메운다. 공주들은 아버지께 사연을 고하고 원을 구하러 사람을 보냈으나 실패한다. 이에 셋째 공주는 원의 생사와 관계없이 원에게 시집을 가겠다고 자청한다.

지하에 혼자 남은 원은 헤매다 우연히 용왕의 아들을 구해 주고, 용왕의 호의로 용녀와 혼례를 치른다. 원은 용녀와 함께 지상으로 나가고, 용왕의 선물로 연적을 얻는다.

인간 세상에 돌아온 원과 용녀가 머문 집의 점주가 연적의 신기함을 알고 빼앗고자 원을 살해한다. 원을 기다리는 셋째 공주에게 우연히 연적이 오고, 황제가 이 연적의 주인을 찾기 위해 방을 내자 점주가 찾아와 거짓을 아뢴다. 이때 연적에서 용녀가 홀연히 등장해 자초지종을 일러 죽은 원을 다시 살린다. 용녀와 셋째 공주는 함께 원의 아내가 되고, 원은 형주후에 임명되어 행복한 삶을 누린다.

◆ **주요 등장인물**

김규 김원의 아버지. 부족한 것이 없는 세도가이나 아이가 오랫동안 없어 근심하던 차에 원을 얻는다.

김원 하늘나라 남두성으로 옥황상제께 죄를 지어 십 년 간 수박과 같은 원(圓)의 모습으로 살게 된다. 보를 벗고 나서는 문무를 모두 갖춘 뛰어난 인재로 성장하며 아귀로부터 황녀 세 명을 구해와 부귀영화를 누린다.

강문추 공주들을 구할 때 김원을 보좌하라고 임명한 부원수. 원의 공이 탐나서 지하 구멍에서 올라오는 원을 떨어뜨리고 구멍을 메운다.

셋째 공주 강문추의 간교로 생사를 알 수 없어진 원을 끝까지 기다리다 원에게 시집을 가는 인물. 은혜를 알고 심지가 곧다.

용녀 김원이 지하에서 우연히 구해 준 소년의 누이. 용왕의 딸이다. 신이한 도술을 부릴 수 있으며 원의 목숨을 구한다.

◆ 작가와 작품

고생-행복-고생-행복의 반복 구조

김원전의 주인공 김원은 고생-행복-고생-행복의 반복을 통해 부귀영화를 얻는다. 이는 당대 사람들의 행복해지고자 하는 소망을 담은 것이다. 또한 각종 설화가 결합된 것은 당대 사람들이 좋아하던 이야기가 들어간 것으로 공동 창작의 가능성이 크다.

◆ 작품의 구조

다양한 설화들의 결합

1. 둥근 원(圓)으로 태어난 주인공

남두성은 옥황상제에게 죄를 지어 그 벌로 정상적인 아이가 아닌 원의 형태로 인간 세상에 태어난다. 이는 《금방울전》의 여주인공 금령이 하늘에서 죄를 지어 금방울의 탈을 쓰고 태어나게 된다는 이야기와 유사하다.

2. 변신 모티프

원은 십 년이라는 반성의 기간을 가진 뒤 인간의 모습을 되찾는다.《금방울전》의 금령 역시 액운이 다한 뒤에야 인간의 모습을 되찾고,《박씨전》의 박 씨는 일정 기간이 지난 뒤 추한 모습에서 본래의 아름다운 모습으로 변한다. 이처럼 사물에서 인간으로, 혹은 부족하고 추한 것에서 완전하고 아름다운 것으로 변하는 주인공들의 모습을 고전 소설에서는 쉽게 발견할 수 있다.

3. 지하국 대적 퇴치 설화

지하국의 괴물에게 잡혀간 여자들을 주인공이 구해 내어 혼인하게 되는 내용의 설화를 지하국 대적 퇴치 설화라 한다.《김원전》에서도 주인공 원이 아귀에게 잡혀간 세 황녀와 부녀자들을 구해 낸다. 공을 욕심낸 부하 강문추가 주인공을 지하에 두고 떠나는 내용도 이 설화의 기본 구조와 일치한다.

◆ **작품의 감상과 수용**

능력의 시험과 사회적 세계로의 입문

사람이 아닌 둥근 원의 형태로 십 년을 보낸 원은 하늘에 지은 죄의 기간이 끝나 드디어 원의 형태를 벗고 선동과 같은 모습으로 돌아온다. 원래 모습으로 돌아온 원은 십오 세가 되자 문무를 모두 갖춘 뛰어난 영웅의 자태를 지니게 된다. 비범한 재능을 시험할 곳이 없던 중 아귀가 황녀 셋을 납치하는 것을 목격하고, 도원수가 되어 황녀를 구출한다. 아귀에게 잡혀간 황녀들을 구하는 일은 원에게 자신의 능력을 시험할 첫 번째 관문이다. 또한 소년이 영웅이 되기 위해 거쳐야 할 입사의식(사회로의 입문 과정)으로 볼 수 있다. 이 일에 성공한 원은 영웅이 되어 소년에서 청년으로 성장하며, 그 결과로 부인 둘을 얻고 형주후에 봉해진다.

◆ **작품에 반영된 현실**

비현실적 요소를 통해 얻는 통쾌한 심리

이 작품에는 다양한 전기적 요소들이 등장한다. 원으로 태어난 주인공이 허물을 벗고 미남자가 되거나, 아귀를 퇴치하기 위해 수박으로 변신하거나, 죽었다 되살아나는 재생 모티프 등 신이하고 흥미진진한 사건이 연속된다. 이를 통해 당대 사람들이 소설을 읽으며 즐거움을 얻고자 했음을 알 수 있다. 전승되던 많은 설화를 결합하여 《김원전》이라는 하나의 소설로 집대성하면서 당대에 유행하던 이야기를 모두 포함시켰다. 김원이 모든 고난을 극복하고 이룬 공을 가로챈 강문추나 연적을 훔쳐간 점주를 혼내 주는 것도 당대 사람들의 통쾌한 심리를 반영한 것으로 볼 수 있다.